回良玉 散文随笔

七情集

中国言实出版社

告别了繁忙紧张的公务，多了些悠闲自在和温馨的交往；舒缓了忙碌奔跑的脚步，多了份从容安逸和静谧的沉思。回眸自己走过的人生旅程，总有一些足迹让人铭诸肺腑而历历在目；回首自己经历的人生往事，总有一些情感使人铭心镂骨而难以忘怀……

——回良玉

出版说明

　　原中共中央政治局委员、国务院副总理回良玉同志自2013年从工作岗位上退下来后，结合几十年的工作和生活经历，先后写成七篇散文发表，在读者中产生强烈反响，获得广泛好评，一些部门、单位和地方还专门组织进行了学习研讨。

　　这些文章之所以给读者带来心灵的震撼和情感的共鸣，并非是作者曾经担任过党和国家领导人带来的名声效应，也不是文章中披露了什么揭密内容，而是"以善良的心趣，透视过往的世事，解读人生的操守，浅释人文的情理，因情动心，以情为题，行文抒情"，既承载了深厚的文化底蕴，又寄寓了深刻的时代沉思；既是对尘世生活的精神超越，又是对美好生活的理性思考。其中，《我的黄山情怀》礼赞大美景致，感物悟道；《我的残疾人情感》敬仰生命阳光，感动震撼；《我的"三农"情缘》眷恋厚重事业，感悟论理；《我的家乡情结》追寻浓浓乡思，感恩怀念；《我所体悟的民族情谊》展现民族风采，感念阐释；《我所认知的水乡情韵》品味上善若水，感叹赞美；《我所感怀的人文情理》推崇情理交融，倡导以情悟理、以理度情，梳理人世间的美好情感，探析生活中的情理关系。

文学是人之学，更是情之学。古今中外，凡是能感动人、激励人、鼓舞人的传世佳作，字里行间无不闪烁着情的光辉，散发着情的温度，迸射出情的力量。回良玉同志的这七篇文章，自始至终都贯穿着一个"情"字，"无论是赞叹、激赏还是眷顾、追忆，字里行间都饱含着我的经历足印所踏出的体察之情、家国抱负所充盈的感恩之情和人生百味所引发的哲思之情"。这七篇文章，融情感、思想、哲理于一炉，以散文随笔的形式、隽永清新的风格、朴实无华的语言，描绘出蕴涵的人文精神，导引人们净化心灵、提升境界、探索生活的真谛，展现出一位洞明世事、人情练达者的智慧和情怀。

应广大读者要求，经征得作者同意，现将七篇文章按发表时间顺序汇集成书，资智育人，以启来者。我们认为，此书不仅是领略作者的深邃思想、领导风范、道德操守、人格魅力和心路历程的读本，也是解读当代中国经济社会发展很有价值的资料。此《七情集》乃是作者的真情记，相信每位读者都会从中受到启迪、汲取智慧、增添力量。

中国言实出版社

2014 年 12 月

目录
CONTENTS

我的黄山情怀 /1

黄山的美，其突出的表证是独步天下的山水美、是独树一帜的人文美、是独具特色的发展美。

天地之美，美在黄山 ………………………………… 4

古今之奇，奇在徽州 ………………………………… 10

传承保护，永续大美 ………………………………… 17

我的残疾人情感 /21

我们从残疾人的期盼里，领悟到责任与担当；从残疾人工作的职能中，体悟到光荣与崇高；从残疾人工作者的身上，感悟到平凡与伟大。

震撼：可歌可泣的残疾人精神 ………………………… 24

感念：可圈可点的残疾人事业 ………………………… 30

钦佩：可亲可敬的残疾人工作者 ……………………… 37

我的"三农"情缘 /43

在中国，"三农"问题始终不是一个轻松的话题，农业政首邦本的地位和繁重艰巨的任务、农村广袤秀美的神韵和滞后艰深的状况、农民朴实奉献的品质和劳苦艰辛的现实，使我的心灵和情感不断淂到洗礼和提升。

一点一滴见真情，情自沃土缘在农 …………………… 46

一米一粟寄深情，源头活水根在农 …………………… 55

一枝一叶总关情，最美祝福献"三农" ………………… 63

目录
CONTENTS

我的家乡情结 /71

家乡有我人生的起点、成长的足迹、前行的动力和无限的期冀……

感怀乡恩 ……………………………………………… 74

眷恋乡景 ……………………………………………… 81

仰望乡土 ……………………………………………… 85

追寻乡思 ……………………………………………… 90

我所体悟的民族情谊 /97

记忆的河床上，金子在发光，河水在低吟，我心始终是民族心。

满天星斗多灿烂，五十六族是一家 ………………… 102

小民族有大政策，阳光照进深山里 ………………… 110

梦中草原迎新绿，边关万里都是情 ………………… 117

天崩地裂显大爱，众人拾柴火焰高 ………………… 124

多彩中华正绚丽，世界民族亦多元 ………………… 132

我所认知的水乡情韵 /139

水能千古恒常，水为万物所需，水是江苏凸显的文化符号。

造化神奇，依水而生 ………………………………… 142

上善若水，为水所润 ………………………………… 149

魂牵梦绕，在水一方 ………………………………… 161

目录
CONTENTS

我所感怀的人文情理 /167

"情之一字，所以维持世界；才之一字，所以粉饰乾坤。"情是生命的灵魂，我们的情感随生命而同来，我们的世界因情感而精彩。

情为何物 ·· 170

情的力量 ·· 172

情之传统 ·· 174

情理交融 ·· 175

情真为贵 ·· 177

情淡始长 ·· 179

情义无价 ·· 181

我的黄山情怀

WO DE HUANGSHAN QINGHUAI

　　黄山的美，其突出的表证是独步天下的山水美、是独树一帜的人文美、是独具特色的发展美。

　　我们个人无法决定自己是否长得漂亮，但是可以选择活得漂亮；我们个人无法改变自己的容貌，但是可以展现自己的笑容；我们个人无法完全决定自己生命的长短，但是可以努力拓展自己生活的宽度；我们个人无法管控别人的言行，但是可以掌握自己的品行；我们个人无法左右天气的晴阴，但是可以掌控自己心情的好坏；我们个人不能准确预测明天，但是可以好好把握今天；我们个人不能事事要求结果，但是可以认真掌握过程；我们个人不能样样顺利，但是可以事事尽力。

　　从工作岗位退下来，这是自然的法则，是事业的需要，也是我人生的一个转折。在为党和人民工作的 50 个年头里，组织给了我精心的培养，人民给了我极大的信任，一路走来的同事和挚友给了我鼎力的支持。想起走过的山山水水，思起遇到的人人事事，念起感悟过的点点滴滴，心中总会涌起一种深厚的情怀。因为这份情怀，促使我想再去走走那些梦萦魂绕的地方，再去看看那些曾经并肩前行的老友，再去品品那份在共同奋斗中结下的愈久弥醇的珍贵情谊。

　　在这众多的情怀中，黄山是我经常想念和牵挂的一个地方，也是我离职后首先来到的地方。在安徽工作期间我曾说过，黄山是安徽最大的精品、最响的品牌、最靓丽的名片、最有标志性的地方；黄山所在地孕育的徽文化底蕴深厚，是中华民族优秀传统文化的奇葩。我为大自然造化的黄山大美境界而赞叹，也为这里产生的厚重徽文化而沉迷。黄山不仅是游览、休闲、养生的胜地，更是可以引人思索、促人顿悟、升华心灵的净土。在黄山，思绪潮涌，感慨万千。

○天地之美，美在黄山○

黄山博大精深，内涵丰富，生态绝佳。千百年来，凝聚天地之美的黄山吸引了无数海内外游客。明代大旅行家徐霞客在游历名山大川后说："薄海内外无如徽之黄山，登黄山天下无山，观止矣"。刘海粟大师一生十上黄山，感慨"黄山是我师，我是黄山友"，传为艺术佳话。我因为工作等关系，曾经多次到过黄山地区，数次登上黄山，每一次都有看不够、悟不透的感觉，每一次都有新的启迪。

登黄山，最让人难忘的当然首推黄山松。黄山松是在黄山独特地貌和气候环境中形成的树种，生长在海拔 800 米以上的地方，针叶密短，叶色苍翠，树冠扁平，姿态优美雅致，气势古朴浑厚。美丽绝伦、各具形态的黄山松，犹如一支支神奇的画笔，把七十二峰处处点染，给一千多平方公里的黄山抹上了生命的色彩。正因有了遍布峰林沟壑的黄山松，于是，山活了，风动了，云涌了，泉响了……连山石也有了灵气。

黄山千松千姿，造型奇特，名松众多，最有名的还是迎客松。她挺立在玉屏峰前狮石旁、文殊洞之上，破石而生，寿逾千年，姿态苍劲。树形平展如盖，侧枝横空斜出，似在展臂迎客，已经成了中华民族对外友好的象征。给我印象很深也很感慨的还有团结松。她诸根盘结，侧干众多，团团簇簇，围抱生长，既同享雨露，枝叶茂盛，又共抗风寒，雄伟挺拔。站在团结松面前，团结的重要性真是不言而喻啊。纵观古往今来，我们都有这样一个体悟，凡是有合力的地方就是有活力的地方，凡是有合力的事业就是有生机的事业，凡是有合力的民族就是有希望的民族。团结出战斗力、生产力、凝聚力，团结利党、利国、利民，团结也是利己的，是有益于个人的心情舒畅和身体健康的。

在安徽工作期间，我和同志们曾一起提炼出"黄山松精神"——顶风傲雪的自强精神，坚韧不拔的拼搏精神，众木成林的团结精神，百折不挠的进取精神，广迎四海的开放精神，全心全意的奉献精神。这种精神在安徽发展的负重追赶阶段起到了激励斗志、鼓舞士气的作用。其实，在黄山松身上还有一种重要的特质，就是顺势而为。黄山松之所以能在岩石夹缝中生存发展，并且千姿百态，正是因为顺应地理环境和气候条件，根据山势、阳光、云雾、风霜而成长。顺势而为方能事半功倍，这也是黄山松昭示的大道。

登黄山，最让人迷恋的可能是黄山泉。徒步登山，常可沿途看到"山中一夜雨，处处挂飞泉"的美丽景致。众多不知名的瀑布从山涧喷泄而下，如白练长垂，银河挂落，泉水在岩石上激荡，就像喷珠溅玉一样，十分壮观。自古名山出名泉，黄山最著名的有黄山温泉、百丈泉、鸣弦泉等。黄山温泉水质优良，含有多种微量元素，具有一定的医疗价值。晚唐诗人杜荀鹤赞曰："闻有灵汤

黄山云海

独去寻，一瓶一钵一兼金"。现在到黄山，可以喝上黄山本地产的矿泉水，仔细品味甘冽醇美，非常惬意。

仁者乐山、智者乐水，亲近自然、人之本性。美丽自然，水是至为重要的载体。观黄山泉，我们可以体会到水性的伟大。水性仁爱，滋润万物、生生不息，"善利万物而不争"；水性坚韧，水滴石穿，奔腾到海、百折不回；水性柔和，顺势而为、随物赋形，但又保持自身本色；水性豁达，虚怀若谷、包容一切，可谓大爱无疆。水性通人性，老子推崇"上善若水"，我们今天确实应当提倡以水为镜、以水为师，做事当如此，做人当如是。

登黄山，最让人感到壮观的要数黄山云。"黄山自古云成海，从此云天雨也多"。黄山的云海不但天数多，而且范围广，壮观阔达，变化莫测，因而黄山也有黄海的别称。明代唯一存世的黄山志书就叫《黄海》，清代康熙帝还题写了"黄海仙都"的匾额。在黄山看云海，最好选择冬春季节，雨过天晴的日子，同时要选择理想的位置，如始信峰观北海，玉屏楼观南海，排云亭观西海，白鹅岭观东海，光明顶观天海。登上莲花峰则五海尽在眼底。

眼前飘渺、壮阔的云海，令人思绪万千。世间万物就像黄山的云海一样，变化是永恒的，静止只是特定时段的表现形式。黄山如果缺少了云海的变化，其多姿多彩的独特神韵可能就会打些折扣，欣赏的雅致和兴趣也可能受到影响。正因为如此，近现代很多摄影绘画佳作都热衷于以黄山云海为题材。黄山云海，变与不变，这其中蕴含的辩证法也许值得我们花更多的时间去体味。

登黄山，最让人回味的莫过于在黄山之巅品赏黄山茶。好山好水出好茶，黄山毛峰、太平猴魁、祁门红茶皆形美味醇。每次登黄山，都要沿途小坐，一边品茶谈人生，一边论道茶文化。黄山地区气候温和，雨量充沛，云雾缭绕，土壤肥沃，森林覆盖率高，优越的地理、生态环境孕育了丰富质优的黄山茶。

黄山人对茶道有着深厚的情感，我们对其中"三昧"也有一些感悟。首先是"度"的准确把握，采摘时间要适当，杀青、烘焙时火候要适合，温度过高了茶叶就会烤焦，低了就会氧化、发红。其次是品牌特色的坚守，制作工艺、质量标准、市场定位等，都一丝不苟，精益求精。再次是"有滋有味"的品茗意境，饮茶是黄山人的生活必需和习惯，但只有保持淡定的心境和超然的态度，才能真正悟出茶道。从茶道观人生，度的把握、品行的坚守、心态的平和同样不可或缺，而又很难做到。人生的遗憾往往是选择容易坚持难，选准的却轻易放弃，而错误的又一再延续。在人的一生当中，既要有声有色地工作，有板有眼地干事，又要有情有义地交往，有德有诚地待人，也要有动有静地健体，有说有笑地生活，这样才能有血有肉地做人，拥得有滋有味的人生。

登黄山，最让人喜爱的则不能不说到黄山猴。安徽的省树是黄山松，省花是黄山杜鹃，这些都是黄山的特色物种。其实，还有一个特色物种就是黄山短尾猴。黄山猴很有灵性，有着丰富的"社会行为"。它们栖息于600～1600米的高山密林之中，经常成群活动在峰林峡谷之间，攀岩登崖，如履平地。来时浩浩荡荡，漫山遍野；去时无影无踪，不知所向。黄山猴等级森严，第一等级为猴王

具有灵性的黄山猴

（雄猴），权力至高无上，享有食物优先权、交配权，战时冲锋陷
阵，群内威信最高。猴王的产生方式，主要是通过武力征服，竞争
上岗，胜者为王，败者为奴。体型健硕、行动敏捷的猴王通过优先
的交配权，确保种族的优秀基因得到遗传。猴群数量相对固定，超
过一定数量时，猴王会赶走一部分猴子或者杀死淘汰刚出生不久的
弱猴，来达到控制猴群数量的目的。同时，黄山猴群体内部关系又
较为和谐，猴与猴之间通过理毛、架桥等动作，缓和矛盾，增加亲
情，密切关系。黄山猴群之间关系也比较和睦，其领地相对固定，
彼此之间互不侵犯。在黄山猴身上，竞争与合作的辩证关系体现得

十分充分。我曾经说过，竞争具有魔力和魅力，最无情却又最有情，看似无情的竞争往往能够带来有情的结果。适度的竞争能带来效率，提高质量，也能够促进合作，增进和谐。

○古今之奇，奇在徽州○

黄山这块神奇的土地，有一个动人的别称——徽州，而这一脉文化就有一个好听的名字——徽文化。在安徽工作期间，我曾说过要"打好黄山牌、做好徽文章"，其中"做好徽文章"主要指的就是徽文化。每次到黄山，都是一次感受徽文化、学习徽文化的亲近之旅，在青山绿水的闲适中涤荡心灵，在徽文化海洋的遨游中体味人生。

中国文化博大精深，不同地区的地域文化各具特色、源远流长，只有数百年历史的徽文化何以立足扬名呢？这与徽文化的特质很有关系。徽文化的聚合度高，"花色品种"齐全。不仅包括独具特色的徽州商帮、徽州宗族、新安理学、新安医学、新安画派、徽州文书契约、徽派朴学、徽派版画、徽派篆刻、徽州戏曲、徽州教育、徽州刻书、徽州科技、徽派建筑、徽州四雕、徽州村落和徽州历史人物，而且还包括极有地域色彩的徽州民俗、徽州方言、徽州工艺、徽州茶道和徽菜等。徽文化的鲜活性强，是可以感知体验的文化。古村落里仍然生活着现代人，一大批非物质文化遗产传人活跃其间。所以说，徽文化就在你的眼前，而不是在博物馆里、故纸堆里、遗址坑里。"徜徉其中，岁月与你相伴，文明与你同行"。徽文化的地域性浓，人才辈出。儒家文化在徽州民间得到最广泛的实践，形成徽州文化自己的 DNA。徽州不仅出巨贾、鸿儒，而且出大师、名人。《中国人名大辞典》中收集的清朝以前历代名人中，就有 800 多位徽州人。

说起徽文化，最直观的印象是徽派建筑，徽派建筑也是徽文化最具标志性的符号。黄山大地，一年四季都美不胜收，而我印象最深的是阳春三月：到处桃红柳绿、山花烂漫，绿树荫下掩映三两民房、油菜丛中镶嵌几处粉墙黛瓦，散发出浓浓的徽风徽韵，仿佛一幅幅山水画卷。行进在黄山地区，随处望去，一座座徽州乡村、一幢幢徽派民居，是那么安详静谧，刹那间就有了"采菊东篱、鸡犬相闻"的韵律。我查阅了相关资料，徽派建筑在中国古建筑史上占有重要位置，她集中反映了徽州的山地特征、风水意愿和地域美饰倾向，是中国封建后期汉文化圈中成熟的建筑流派，主要体现在古村落、古民居、古祠堂、古庙宇、古牌坊、古塔、古桥、路亭和徽派园林等建筑实体中，并以"祠堂、牌坊、民宅"最具特色，号称古建"三绝"。全方位考量徽派建筑，在社会属性上讲究"天人合一、聚族而居"，在自然属性上坚持"山水为伴、随形就势"，在宏观布局上突出"错落有致、富有韵律"，在微观设计上强调"粉墙黛瓦、外简内繁"，在营造技法上注重"梁架简练、装饰精美"。置身其间，遐思无尽，厚重的徽州历史在这里凝结，当代徽州文

徽派建筑

明的律动也在这里展示。我想，徽州的古今之奇，不仅在于徽派建筑的奇绝奇美，更在于当代徽州人对中华传统优秀文化的敬重敬畏。

说起徽文化，不能不说到徽商，徽商是徽文化内在的经济支撑。没有徽商的支撑，徽文化是走不远的。历史表明，经济繁荣催生文化繁荣，文化又总是伴随经济发展而生发并反作用于经济社会。徽文化的兴盛，同样如此。徽商获得成功后大多回乡建宅邸、置田产、办书院、修族谱，进而推动了文化发展。徽商，起源于唐宋甚至更早，鼎盛于明清，并称雄明清商界 300 年，赢得"无徽不成镇、无徽不成商"之誉。在江苏工作期间，我去过南京高淳县的一条老街，号称"金陵第一街"，她的繁荣就得益于徽州商人的崛起。徽州商人带着黄山的山货顺流而下来到高淳，将商船、竹筏、木排等停靠在官溪河岸交易，时间久了河岸就成了街市。这里至今保留着浓郁的徽派风情，经年日久的大小店铺，斑驳沧桑的石板路，徽派特有的马头墙，依稀可见当年徽商富甲一方的荣耀。不仅是在南京，在全国尤其是江浙沪等地，保留着很多的徽派建筑、徽派园林和徽州习俗，一座建筑背后就是一个徽商传奇、一个风俗背后就是一段财富故事。其实，徽商的崛起乃是时势倒逼。徽州地狭人稠、不足以供，徽州人不得不外出经商以谋生计。正如流传徽州当地的俗谚所说——"前世不修，生在徽州，十三四岁，往外一丢"，道出了徽商的由来。

　　源自深山僻壤的徽商如何能"流寓四方"，在市场大潮的搏击中百年不败？对比过那个时期晋、闽、浙等其他商帮，可以看出徽商的明显特点：徽商讲究政商和融，注重与政府修好、赢得政府支持，明成化以后又拿到盐业经营权并快速雄起，这是徽商成功的政治条件；徽商讲究诚信经营，注重诚信为本、以义取利，恪守"利人者，人亦从而利之"的传统伦理，这对千百年来的中国商道产生了重要的影响；徽商讲究抱团经营，注重利用地缘和血缘关系形成商帮，相互提携、彼此合作，凡是徽商活动的地方都建有会馆、公所、义园、旅享堂、思恭堂等交流场所，某些方面比今天的商会、行业协会更有竞争优势；徽商讲究"贾而好儒"，以儒术饰贾事，注重学习孔孟之道、儒家思想并成功运用到经商中，以此提高自身素质和修养。徽商的这些开放、诚信、坚韧、吃苦的品质，如今依然闪闪发光。我想，徽州的古今之奇，不仅在于徽州商人曾经的辉煌，更在于这种辉煌背后所蕴含的精神力量。

说起徽文化，更不能不感佩徽州人，徽文化是徽州人创造并通过徽州人来体现、来拓展、来升华的。文化，由人化文，又以文化人。在徽州，一言一行、一事一物、一亭一阁、一砖一瓦，都是有门道、有说道、有文化的。在徽州人家里的正堂条案上，总会看到中间摆放一座钟，钟的一边摆放一个花瓶，另一边摆放一面镜子，寓意"终生平静"（钟声瓶镜）。一个小小的细节，蕴含这么美好的文化，是何等的智慧！这样的例子不胜枚举。吃的，有徽菜；住的，有徽派建筑；看的，有新安画派、徽派盆景；听的，有徽剧和傩剧；读的，有"程朱理学"、戴震国学；欣赏的，有徽州"四雕"、徽派篆刻、徽派版画；把玩的，有徽墨、歙砚、罗盘；如果生病了，还有新安医学来伺候。这些都是从物质形态考量的，堪称多彩多姿。如果从精神形态看，则更是精湛精粹。读书的，有"几百年人家无非积善，第一等好事只是读书"的训导；经商的，有"贾而好儒、贾而诚信、贾而报国"的理念；为官的，有"作退一步想"的劝诫；治国，推崇"国家少一点，人民多一点"；齐家，强调"快乐每从辛苦得，便宜多自吃苦来"；修身，警示人们要

"知足常足，终身不辱；知止则止，毕生无耻"；立业，启迪世人"读书好，营商好，效好便好；创业难，守成难，知难不难"；廉政，告诫官员要"洁身奉献，居官廉明"；还有邻里关系，倡导"我爱邻居邻爱我、鱼傍水活水傍鱼"。无论是物质形态的，还是精神形态的，无不与我们今天的生活密切相关，都值得我们大力传承和弘扬。

我曾在黄山一个小山村墙上看到一段话，其中一句"操之在我"，给我留下深刻的印象。人生很多事情都是如此：我们个人无法决定自己是否长得漂亮，但是可以选择活得漂亮；我们个人无法改变自己的容貌，但是可以展现自己的笑容；我们个人无法完全决定自己生命的长短，但是可以努力拓展自己生活的宽度；我们个人无法管控别人的言行，但是可以掌握自己的品行；我们个人无法左右天气的晴阴，但是可以掌控自己心情的好坏；我们个人不能准确预测明天，但是可以好好把握今天；我们个人不能事事要求结果，但是可以认真掌握过程；我们个人不能样样顺利，但是可以事事尽力。我想，徽州的古今之奇，不仅在于徽文化的博大精深，更在于创造这脉文明的徽州人的那种睿智、包容、勤劳、善良，这不就是我们伟大民族精神的一个缩影吗?!

徽文化内涵极为丰富，值得细细体味的很多很多，而贯穿其中的核心与灵魂又是什么呢？我觉得是一种精神，这种精神可以凝练为"和合"二字。在凝望徽派建筑的思索之中，在倾听徽商传奇的感动之中，在感悟徽州文明的赞叹之中，时时处处让人感受着"和合"的文化精髓。"和合"是处世之道，也是做人的原则。"和合"思想融铸于中华民族的历史与文化，融汇于人类文明的传承与进步。中国人最讲究"和合"，始终倡导人心要和善，夫妻要和好，家庭要和睦，生活要和美，工作要和顺，社会要和谐，外交要和平，遇困要和舟共济，经商要和气生财，说话态度要和蔼，有了矛盾要和缓，和缓不行要和谈。吃饭要和羹，"和羹之美在于合异"，各种调料科学组合才味道鲜美；穿衣要和谐，各种颜色科学搭配才具美感；唱歌要和声，不同的音律协同才悦耳动听。在徽州一个古祠堂里，我看到这样四幅雕刻的木板图案：第一幅是荷花与一对螃蟹画在一起叫"和谐"，第二幅是荷花与一对鸳鸯画在一起叫"和美"，第三幅是荷花与一对龙虾画在一起叫"和顺"，第四幅是荷花与一对青蛙画在一起叫"和鸣"。徽州人创造并不断丰富徽文化，使之能够屹立于中华文化之林，其核心是不是就在于崇尚"和合"的真谛使然？后来世人敬畏徽文化，其灵魂是不是就在于崇尚"和合"的精神传承？北京故宫是中华传统文化集大成的地方，她的三大核心殿堂——太和殿、中和殿、保和殿，都有和字。太和意蕴天地祥瑞，是人与自然的和谐；中和意寓中庸平和，是人与人的和谐；保和意指平顺安康，是人自己身心的和谐。徽州的"和合"文化与此不谋而合，并且有别具一格、别具智慧的演绎，可谓概括了天、地、人之大道。如今我们弘扬徽文化，加强徽文化的保护与开发，从某种意义上来说，也是崇尚"和合"的理念在和谐社会建设、民主政治建设、生态文明建设等方面的广泛实践。

○传承保护，永续大美○

人生的岁月很长，长到有太多的人生感悟、心声流露、生活真谛需要慢慢去回望和梳理；人生的岁月又很短，短到有太多的文化、风物、人情来不及认真反复地去咀嚼和品味。黄山的景色、生物、文化恰恰又是如此的神美、神奇和独特，在黄山之巅、在新安之畔，在府衙之内、在古村之中，春花的绚烂，夏绿的浓艳，秋色的斑斓，冬雪的空灵，无不令人豁然开朗、心旷神怡，无不令人对大自然的造化和先人们的睿智倍加敬畏。我时常在想，在历史的长河中，我们虽然只是匆匆过客，但每一个人都可以通过努力，在历史长河中留下印记。先人们为我们留下大美的黄山和厚重的徽文化，我们一定要精心呵护，善加利用，使之永续传承下去。

多年来，坐拥大美的黄山人，从未放松对美的追求。他们注重科学管理和保护丰富的自然资源和人文资源，注重寻求保护与开发的平衡，实现在保护中有序开发、在开发中进行更好的保护，形成了具有黄山特点特质特色的资源保护和开发利用的发展道路。时隔多年，再次登上黄山，既看到了越来越美的黄山景致，也看到了不断提升的保护管理水平。在松树"癌症"——松材线虫病的防控上，在森林火灾的防范上，在古树名木"一树一策"的个性化保护管理上，在游步道建设上，在科学调控进山流量上，黄山作为世界自然和文化遗产地，都走在前列，不仅是神奇之山、生态之山、文化之山，也是安全之山、卫生之山、科学管理之山。

奔腾不息、含韵千年的新安江，是黄山人民的母亲河、生命河，承载着厚重的历史，成就了徽商的辉煌，见证了发展带来的巨大变化，也寄托着黄山乃至下游人民美好希望。为了保护好这一江清水，黄山人民大举移民，搬迁企业，作出了巨大的牺牲，他们保护母亲河的步伐从未停歇，力度从未减弱。在国家有关部委及皖浙两省的共同努力下，全国首个跨省流域的新安江生态补偿机制试点正式实施。黄山人以此为契机，举全市之力，努力把新安江进一步打造成为彰显绿色优势的生态之江、体现时代特征的开放之江、推动皖浙共同科学发展的繁荣之江、增进上下游人民福祉的富庶之江。其情也真、其言也切、其行也力。

黄山拥有脱俗不凡的雅致乡村。这里不是文化荒漠，而是长期受到徽文化浸润和滋养的诗书之乡；不是黄土高坡，而是处处青山碧水环绕的生态之乡；不是残砖砾瓦，而是到处遍布着古村落、古民居的文物之乡；不是稻菽麦浪，而是大量出产优质茶叶、茶油、菊花等的山珍之乡；不是偏于一隅，而是随着大交通的改善能够通江达海、面向全球的开放之乡。那种山水环绕的风物、那种粉墙黛瓦的风情、那种炊烟袅袅的风华，是黄山独有的韵味和意境，也是黄山人一直坚守的精神家园。这么珍贵的文化遗存，这么丰富的建筑宝库，传承保护是第一位的。

黄山市近年推出"百村千幢"古民居保护利用工程，对价值较高的古村落、古民居采取相应的保护措施，并通过发展乡村旅游等植入市场因素、增加经济收益，进而以此反哺遗产保护。世界文化遗产西递、宏村就是其中的典范，可谓是守住了古村落、古民居的"筋、骨、肉"，传承了徽州文化的"精、气、神"。但坚守不等于保守。黄山在实施"百村千幢"工程的基础上又启动改徽建徽工作，对重要干道沿线、景区和节点周边的建筑推行外部风格徽派化，从而构成了一道道新徽派的靓丽风景。黄山"保护第一、特色取胜、夯实基础、协调发展、民生优先"的发展思路已越来越清晰，举措也十分有力。黄山这些注重保持乡村特色的好做法，在我国面上的新农村建设中也可以借鉴；徽文化乃至中华传统文化中的有益理念，在现代中国仍大有用武之地，依法治国和以德治国必须并行，道德的力量应该在神州大地上发挥更大的作用。

"天地有大美而不言"。黄山的美，其突出的表征是独步天下的山水美、是独树一帜的人文美、是独具特色的发展美。与青山绿水相依、与历史文化相融、与政策机遇相会，人心思进、愿景可期，黄山一定会更美丽，一定会成为安徽乃至中国版图上最耀眼的板块之一。美到深处始自然，情至真时自无华。写下这些记忆和感悟，谨表达对黄山的深厚情怀、对祖国的美好祝福……

我的残疾人情感

WO DE CANJIREN QINGGAN

　　我们从残疾人的期盼里，领悟到责任与担当；从残疾人工作的职能中，体悟到光荣与崇高；从残疾人工作者的身上，感悟到平凡与伟大。

　　在这些残疾人身上，展现出很多既朴素又深刻的道理：看上去最柔弱的人往往最坚强，没有多少财富的人往往精神很富有，得到不多的人往往能够知恩感恩，无言的人往往无声胜有声，眼睛看不到光明的人往往心灵明亮，行动不便的人往往可以让思想走向远方……

我的残疾人情感
WO DE CANJIREN QINGGAN

岁月如歌，流年似水，时光的流逝淡化了不少记忆、湮没了很多往事。但有些人，有些事，有些情，令人难以忘却、难以割舍，常常萦绕于怀、铭记于心。与残疾人和残疾人工作者在共同奋斗中结下的醇厚情感和珍贵情谊，就是这样让我倍加珍视、常常回味和深深感念。

早年在吉林、湖北、安徽和江苏工作时，我就对残疾人工作有所接触和了解，也在职责内做了一些事。2003 年 3 月我一到国务院工作，就兼任国务院残疾人工作委员会主任，联系中国残疾人联合会，其后时间长达 10 年，使我有机会近距离接触和了解了许多残疾人，使我有缘相识和结交了不少残疾人工作者，使我有幸直接面对和参与了令人动容的残疾人事业。

回首这 10 年，我与残工委和残联的同志们一起走过了极不寻常的难忘岁月。我们共同谋划和推动了许多济困助弱、保障残疾人权益的重大政策出台，共同经历和见证了残疾人事业发展史上许多具有里程碑意义的重大事件。我们为抢抓机遇而一起努力，为攻坚克难而一块打拼，为取得成绩而一道高兴。我们共同走过和面对，共同奋斗与付出，在付出中收获了喜悦，在奋斗中感受了快乐，在奔忙中体验了幸福，在共同的工作中增进了感情。很多事情，一桩桩、一幕幕，历历在目，难以忘怀。

回首这 10 年，我们赶上了一个好时代，为残疾人事业发展尽力做了一些事情，但从残疾人、残疾人工作者那里收获的更多，受益的更多。我们从残疾人的期盼里，领悟到责任与担当；从残疾人工作的职能中，体悟到光荣与崇高；从残疾人工作者的身上，感悟到平凡与伟大。从事残疾人事业，使我受到了太多的感动和震撼，汲取了太多的营养和力量，也对他们有着太多的钦佩和感激，这是可以终享一生的宝贵财富。我倍加珍惜与残疾人的这种内心情感，决不能让它轻易流逝，谨作此文以记录之。

○震撼：可歌可泣的残疾人精神○

自有人类就有残疾人。由于先天生理、心理或智力的缺陷，由于疾病、战争和各种天灾人祸，我们这个世界每天都有新的残疾人产生。现在世界上有 10 多亿残疾人，中国就有 8500 万。残疾人虽有某些方面的功能损失，但不等于是"废人"、"无用之人"。著名作家周国平说："残疾人仍然拥有完整的内在生命，在生命本质的意义上，残疾人并不残疾。"正是由于身受残疾之痛，经历人生的种种磨难，很多残疾人拥有常人所难以拥有的坚定意志、坚韧毅力、崇高品格和特殊才能，敢于直面人生困厄，勇于与命运抗争，创造了非凡的业绩，登上了人生的高峰。他们奋斗的经历弥足珍惜，取得的成就难能可贵，展现的精神令人敬佩感动，他们在引领着人们的精神追求，推动着社会的文明进步。

古今中外，无数杰出残疾人的身影令人仰视——在外国，盲诗人荷马的吟唱，为世人流传下瑰丽神奇的宏伟史诗；失聪后的贝多芬，真正叩响了《命运》之门；耳聋的爱迪生，为人类留下划时代的发明创造；全身瘫痪的大物理学家霍金，成为了最接近宇宙奥秘的人；饱受多重残疾折磨的海伦·凯勒，展示了最为迷人的心灵之美。在中国，"左丘失明，厥有《国语》；孙子膑脚，《兵法》修列"；遭受腐刑的司马迁，以一部《史记》成就千古绝唱；双目失明的鉴真大师，远渡重洋播撒中华文明；"瞎子"阿炳，一曲二胡道尽人间沧桑。当今时代，优秀残疾人代表更灿若繁星——在全国"为新中国成立做出突出贡献的英雄模范人物和新中国成立以来感动中国人物"的评选中，9 位残疾人位列其中：19 岁因伤寒而导致腿部残疾的华罗庚成为数学泰斗；吴运铎把一切献给了党；张海迪在《绝顶》上书写着《轮椅上的梦》；还有草原英雄小姐妹、聋人舞蹈家邰丽华、诗人史光柱、军人麦贤得和丁晓兵。他们曾遭遇过严峻的人生困境和挑战，承受过常人难以想象的艰辛和磨难，但他们没有沮丧和沉沦，始终对生活充满挚爱，始终对未来满怀信心。他们是逆境中的勇者，是困境中的斗士，历经磨难而信念愈坚，饱尝艰辛而斗志更强，身上闪耀着伟大的人性光芒。

——他们的意志坚韧而强大。兰林金，福建长汀的普通农民，他双臂残缺，一目失明，但他硬是凭一己之力，种绿了一座山！在那座 2270 亩的荒山上，兰林金生生开出 10 公里长、3 米宽的山路，挖下 8 万多个树坑，连续三年栽下 10 万多株树苗。如此艰巨繁重的任务，就是一个身体健康的人都难以做到，何况一个残疾人？其中的艰难苦楚可想而知。他说，我就是想证明自己还是个有用的人，荒山可以重绿，生活也一定可以重来。同样，脚部严重残疾的重庆市云阳县双江镇石云村老人王国云，在过去的 30 年间，靠着自己用稻草和铁片编打的铁草鞋，在村庄里义务种下上万棵树。由于脚部畸形难以站立，他种下每一棵树都是靠艰难的跪蹲完成！近日，全国绿化委员会等多家单位授予王国云"母亲河奖"殊荣。著名作家史铁生，后半生与轮椅相伴，靠透析维持生命，他却幽默地调侃自己：我的职业是生病，业余在写作。就这样"业余"的写作，"病隙"的"随笔"，史铁生完成了几百万字的作品，成为一代大家。这就是残疾人，用种种不可思议的奇迹回报了社会对他们的关照和关爱，也印证了他们同样是社会物质财富和精神财富的创造者。

——他们的才能卓越而惊艳。杨佳，中国科学院研究生院当年最年轻的讲师，却在风华正茂之时因眼疾突然失明。不过，"盲人杨佳"却获得了令人赞叹的成就：副教授、教授，美国哈佛大学肯尼迪政府学院第一位获得公共管理硕士学位（MPA）的外国盲人学生、"校友成就奖"获得者，联合国首届残疾人权利公约委员会委

"千手观音"向世人展示着中国的特殊艺术如何将生命的激情与
感动、坚韧与刚毅、潜能与勇气、尊严与价值融入到雅致的舞台之上

员、副主席。残疾人确实是多才多艺的，在盲人歌手杨光凭借自己的努力夺得中央电视台"星光大道"节目2007年度总冠军之后，又一位自幼双目失明的姑娘步入歌坛，她就是刘赛，一个湖南桑植的土家族小姑娘。刘赛对音乐非常喜爱且极有天分，初中毕业后她报考湖南艺专，考场上神态自若，歌喉甜美，一曲唱罢，满场掌声，竟无人意识到她是一个盲姑娘，她以优异的专业成绩被学校录取。但入学后刘赛露出了"马脚"，被学校劝退，她又顽强地为自己争取了试读一学期的机会，最终以全班第二名的学习成绩被学校真正认可。2011年，刘赛获得了中央电视台"星光大道"栏目的年度总冠军。我曾经多次到过残疾人职业技能竞赛的现场，在那里，我看到用脚拿起的刻刀也能雕龙琢凤，用嘴衔住的画笔也能在纤薄的尺素上浓墨重彩……这就是残疾人，客观面对并勇敢承受着所有不幸，也展示着不同凡响的骄傲。不能承受不幸的人才是真正的不幸和痛苦，能够承受不幸的人才能享受愉悦和幸福。

——他们的品格谦虚而高尚。2008年北京残奥会盲人短跑的赛场上，盲人运动员吴春苗取得了冠军。盲人跑步是需要健全人领跑的。在领奖台上，吴春苗把金牌摘下，摸索着挂到了领跑员身上。她对记者说：在赛场上，我们拥有一双共同的眼睛，没有他的领跑就没有我的冠军。一位在滔天洪水中救出了130位村民的残疾农民，救人后默默地离开，只留下一句朴素的话语："水这么大，人要死了，得救啊。"这就是残疾人，为我们呈现出令人感动的道德高地，归功他人、尊重他人、关爱他人，展现出人性中那种最真诚、最善良、最美好的情愫。

——他们的感情质朴而真诚。2012年云南遭遇了特大旱灾，我与消防官兵们一起赶往一个受灾最重的偏僻山村，为村民送水。那里的乡亲们平常挑水都要走十几里山路，这么多年一直没有解决这个困难，说实话，看到此景时我们心里充满了惭愧和歉疚。在当地村民中，有一位残疾人，他紧握着我的手，嘴里不停说着"谢谢"。还是在云南，永仁县地震灾区，一个残疾老汉朗声对我说，"感谢党和政府给我盖了房子，我自己也要生产自救，总不能什么都靠政府。困难有一点，但可以克服。"这就是残疾人，历经苦难而不怨天尤人，滴水之恩直欲涌泉相报，其实我们真正应该感谢的是他们啊！

面对这样的残疾人，我深受震撼与感动。我们的祖国、我们的时代能够出现这样的残疾人，我深感骄傲和自豪。在这些残疾人身上，展现出很多既朴素又深刻的道理：看上去最柔弱的人往往最坚强，没有多少财富的人往往精神很富有，得到不多的人往往能够知恩感恩，无言的人往往无声胜有声，眼睛看不到光明的人往往心灵明亮，行动不便的人往往可以让思想走向远方……其实，这体现了一种精神，一种贯穿数千年中华文明的精神：天行健，君子以自强不息；地势坤，君子以厚德载物。精神是力量，精神是魂魄，精神也是综合实力。残疾人的自尊、自信、自强、自立精神和感人业绩，是在民族精神和时代精神的激励下所创造的，同时也丰富了民族精神和时代精神的深刻内涵。这是我们弥足珍贵的精神财富。

2010年上海世博会在世博会历史上首次设立了残疾人主题馆，叫做"生命阳光馆"。这个名字起得好，"生命"、"阳光"，内涵丰富，寓意深刻。这就像两个互相依存又互相辉映的共同体，生命因阳光而蓬勃，而蓬勃的生命使得阳光更为绚烂。这不正像当今的中国残疾人事业吗？在社会主义大家庭中，党和政府以及社会各界关爱的阳光普照着残疾人，残疾人有了施展才华、大显身手的广阔舞台，蕴藏的巨大潜力竞相迸发，创新和创造的才能有效释放，生命的活力充分展现，为建设中国特色社会主义伟大事业贡献着自己的力量。

○感念：可圈可点的残疾人事业○

人类认识和解决残疾人问题，经历了漫长和曲折的过程。经过新中国成立以来特别是改革开放以来的探索实践，我国残疾人事业走上了一条具有中国特色、体现国际残疾人运动先进理念的可持续发展道路。近些年来，在各方面的共同努力下，残疾人事业发展取得了历史性成就，越来越多的残疾人实现了人生和事业的梦想，越来越多的残疾人过上了幸福而有尊严的生活。可以说，残疾人事业是我国民生改善和社会事业发展的一个亮点，是人权事业发展的一个看点，是和谐社会建设的一个闪光点。

残疾人事业铸造了一根标尺，度量出我国经济社会发展程度。过去的 10 年，我国残疾人生存和发展状况显著改善。城乡残疾人收入保持较快增长，与社会平均水平的差距逐步缩小，上千万农村贫困残疾人实现脱贫。残疾人社会保障制度从无到有，目前城镇残疾人社会保险覆盖率超过 60%，农村残疾人基本都参加了新农合，1000 多万城乡困难残疾人享受最低生活保障，建立了贫困残疾人生活补助和重度残疾人护理补贴等专项福利制度。残疾人就业稳步提高，城镇新增 300 多万残疾人就业，农村在业残疾人稳定在1700 万以上。残疾人康复在全国普遍开展，1600 多万残疾人得到不同程度康复。残疾人教育加快发展，开展了新中国成立以来最大规模的中西部地区特殊教育学校建设，残疾儿童义务教育入学率逐年提高，残疾学生高中阶段免费教育、职业教育和高等教育向前推进，290 多万城镇残疾人得到职业培训。残疾人事业发展的数字是很有说服力的，我们的残疾人正在努力追赶全面建设小康社会的步伐。

残疾人事业体现了一个印证，反映出党和政府以人为本的执政理念。残疾人事业是人道主义事业、人权保障事业，对待残疾人和残疾人工作情况，最能反映和体现人本理念和人文关怀。党的十六大以来，党中央、国务院从战略全局出发，把残疾人工作放在更加突出的位置，与时俱进地提出了一系列影响深远的新思想新理念，顺势而为地出台了一系列具有里程碑意义的新政策新举措。中共中央、国务院首次出台了《关于促进残疾人事业发展的意见》，中央政治局和政治局常委会首次专题研究残疾人工作。全国人大常委会修订了残疾人保障法、颁布了首部精神卫生法和其他相关法律法规。国务院首次将残疾人公共服务、特殊教育等作为专门内容纳入国家整体发展规划，专门出台建立残疾人社会保障体系和服务体系的综合性政策文件，初步建立起一般性制度安排与特殊扶助相结合的残疾人社会保障和康复、就业、教育、预防、救助、社会福利等多项制度。国家对残疾人事业投入大幅增加，中央财政投入比前10年增长了10倍多。可以说，经过这些年的努力，我们已经确立新时期残疾人事业的发展战略，基本构建起与经济社会发展水平相适应的残疾人事业政策体系，初步搭建起保障残疾人生命健康权、生存权、发展权的制度框架，为促进残疾人平等参与现代化进程、共享改革发展成果奠定了坚实基础。

残疾人事业打磨了一面镜子，折射出社会进步和公平正义。长期以来，作为相对弱势和困难的群体，残疾人的正当诉求往往被忽视，平等权利和合法权益经常受到损害。这些年来，经过各方面的共同努力，歧视残疾人的一些制度被破除、办法被废止，残疾人越来越多地与其他社会成员一起，平等享受各项权利，合法权益受到更好的保障。比如，过去肢残人一直不允许驾驶机动车。其实，只要在汽车上加一个辅助装置，肢残人特别是下肢残疾人完全可以正常驾驶。张海迪同志在全国政协会上曾几次递交有关提案，联名签署的委员也很多，但一直没有得到解决。我想残疾人要的，不仅是一本驾驶证，而是公平融入社会的权利。在残工委会议上我们明确要求有关部门予以认真研究和解决，这件事既是残疾人的强烈期盼、技术上又没有问题、国际上都普遍允许，我们怎么就不行呢？在有关部门的积极推动下，2010 年，允许下肢残疾人和配戴助听器的听力残疾人考驾照的新规定终于出台。再比如，过去残疾人运动员与其他运动员在国际比赛中获奖后的待遇明显不同，有很大的差距，残疾人很有意见，我们也很难理解：同样的比赛场地，同样的升国旗、奏国歌，同样的金灿灿的奖牌，那含金量就不一样吗？某种意义上，残疾人运动员比起健全人运动员付出得更多，取得成绩更难。2008 年，借助于举办北京奥运会和残奥会的机遇，"同一个世界、同一个梦想"深入人心，这个问题终于得到了解决。其实，身体残疾固然令人痛苦，但被人另眼看待更为痛苦。残疾人的平等权利和人格尊严，绝不可轻慢和亵渎。

残疾人事业搭建了一个舞台，残疾人上演了精彩的人生大戏。残疾人常常被看作是"包袱"，其实残疾人是具有特殊比较优势的人力资源，蕴藏着巨大的创造才能。这些年来，国家致力于为残疾人发展营造良好的环境条件，使他们更加广泛、更加深入、更加平等地参与社会生活，残疾人成为社会财富的创造者，不少人成长为国家的栋梁之材。残疾人用奇迹和心声回报社会的关爱和关照，他们之中有为国家科技进步和创新做出重要贡献的专家学者和技术人

2008 年北京残奥会开幕式

员；有善于经营、精于管理、勇于开拓的企业家；有在国际赛场和
国际艺术舞台上用勇气、力量、技巧和美感动世界的残疾人艺术家
和运动员。中国残疾人艺术团走过世界 80 多个国家和地区，"千
手观音"向世人展示着中国的特殊艺术如何将生命的激情与感动、
坚韧与刚毅、潜能与勇气、尊严与价值融入到雅致的舞台之上。我
们的残疾人运动员将体育升华为一种艺术、一种精神，使我们得到
美的享受、生活乐趣和人生启迪——我曾经长久地被缺失双臂的残
疾人运动员以头触壁勇夺游泳冠军的镜头所震撼。2007 年上海世
界特殊奥林匹克运动会、2008 年北京残疾人奥运会、2010 年广州

亚洲残疾人运动会，我们几年间举办了三次大型国际残疾人体育赛事，这既从一个侧面反映了我国体育事业和残疾人事业发展成就，也从一个侧面反映了我国的综合实力、国民素质和社会文明程度。

残疾人事业高举起一杆旗帜，呼唤世人的爱心良知，推动社会的文明进步。善乃幸福之源、文明之基，做善事、做好事，对行善人是快乐的，对受益者是造福的，对社会文明进步是大有裨益的。我国平均每四个家庭中，就有一位残疾人，他们生活在我们身边，是我们的兄弟姐妹，我们每个人理应伸出援手，帮他们一把。10年来，除了一次特殊情况外，每年5月的第三个星期日，我都要参加"全国助残日"活动，深切感受扶残助残的社会风气日益浓厚，参与的人越来越多，影响越来越大。志愿助残阳光行动广泛开展，志愿者达到700多万人。残疾人慈善事业加快发展，残疾人社会组织不断壮大，在为残疾人服务中发挥着越来越重要的作用。城乡无障碍环境建设正在全面推行，为残疾人提供了更多的便利。在市场经济条件下，我们中华民族助残帮困的传统美德应该很好地传承、弘扬和光大，绝不能缺失、扭曲和错位，我们都应该有正义仁爱之心、同情怜悯之意、善良助人之举。能使自己方便和快乐是聪明，能使周围的人也方便和快乐是大聪明，能使包括残疾人在内的弱者都方便和快乐则是睿智了，人生因利他而更加丰富和精彩。一个理解、尊重、善待弱者的社会，一个公平正义大行其道的社会，才是一个文明进步的社会。

　　残疾人事业敞开了一扇窗口，让我们认识了世界，也让世界认识了我们。改革开放打开了国门，我们积极吸收借鉴国际残疾人运动"机会平等"和"充分参与"等先进理念，结合我国国情，形成了残疾人事业"平等·参与·共享"的核心理念。我们积极参与到国际残疾人事务之中，成为首批《残疾人权利公约》缔约国并随之递交了正式履约报告。我们推动实施了第三个"亚太残疾人十年"，并荣获联合国"亚太残疾人权利领袖奖"。我们还召开了有世界盲人联盟、世界聋人联合会、融合国际、残疾人国际等残疾人组织以及各大洲一些国家的残疾人事务负责人参加的"消除障碍　促进融合"国际论坛，促进建立一个更加公平、包容、造福全民的世界。在残疾人事务中，中国在世界上树立了更负责任的形象，发出了更响亮的声音。同时，我国残疾人事业的迅速发展，也得到国际社会的普遍认可、受到世人的广泛赞誉。可以这样说，中国有两件事在国际上最没有争议，即使那些最挑剔的人也未能置喙，就是残疾人工作和扶贫工作。残疾人事业的成就，充分显示了社会主义制度的优越性，为我们国家赢得了荣誉、增添了光彩。

　　残疾人事业任重道远，需要不懈努力。残疾人事业取得的成就无疑是巨大的，但由于种种原因，残疾人事业发展依然滞后，残疾人生活水平和质量与社会平均水平相比仍有较大的差距，残疾人社会保障体系和服务体系仍不健全，他们仍然是我们这个社会里最为困难的群体。同时随着经济社会发展转型和人口老龄化加速发展，我国进入残疾风险高发时期，残疾人口数量呈快速增加态势，残疾人占总人口比例持续提高。目前残疾人家庭人均收入仅为全国平均水平的 60%，农村 6000 多万残疾人中贫困的达到 1/4，农村贫困残疾人家庭人口超过农村贫困人口的 30%，许多残疾儿童无法上学或中途辍学，许多具有就业能力的残疾青壮年没有工作……在贫困地区调研时，我曾实地了解到，有的农村残疾人一年只能吃两三次肉，不少人饮水困难，很多人生病后硬撑苦熬，真令人痛楚心酸！现在距全面建成小康社会的时间越来越近，如果到那时，他们的境遇还不能明显提高、生活还得不到应有改善，我们是没法交代的。对残疾人、残疾人事业要高看一眼、厚爱一分，这是理所应当的。我们下基层时要多看一看残疾人的生产生活，调查研究时要多听一听残疾人的呼声要求，考虑问题时要多想一想残疾人的冷暖饥渴，制定政策时要多给予残疾人特别扶持，通过各方面努力，使残疾人能与全国人民一起迈入全面小康。诚如斯，善莫大焉。

○钦佩：可亲可敬的残疾人工作者○

一项伟大的事业必定会聚集一批愿为这项事业努力奋斗的人。一群志同道合的人不懈奋斗，也必定会推动这项事业持续健康发展。我有幸参与了残疾人事业，有幸结识了残疾人工作者。他们的品格令人钦佩，他们的事迹感人至深，他们的精神催人奋进。

在波澜壮阔的残疾人事业发展史上，有一些名字是永远不能忘记的。邓朴方同志，新时期残疾人事业的奠基者和拓荒者，他在"文革"中因遭受迫害造成高位截瘫，却在轮椅上为人道主义精神的发扬一路披荆斩棘，将人生逆境化作大爱之心，着手建立我国第一个康复机构，创立中国残疾人福利基金会和中国残疾人联合会，从此走上了为残疾人服务的道路。2003 年，联合国将人权奖颁发给邓朴方同志，作为第一个获得这个奖项的中国人、第一个获得这个奖项的残疾人，这既是国际社会对他个人的肯定，也是对我国残疾人事业和社会人权保障的肯定。张海迪同志，当代的"中国保尔"，她 5 岁因病高位截瘫，却以非凡的毅力学习和工作，过去她的精神曾经感召了一代人，现在作为中国残联主席担起了领导残疾人事业发展的大任。刘小成、郭建模、汤小泉、王新宪同志，先后担任过中国残联理事长，为残疾人事业发展殚精竭虑，做出了重要贡献。还有很多很多的人，为残疾人事业发展付出了心血和汗水。

同样不能忘记的是那些经年累月、默默无闻战斗在基层的残疾人工作者。正是他们，支撑起残疾人事业的大厦，给无数残疾人带来了希望和幸福。赵小琼，湖南湘西吉首市残联理事长，身患骨癌却始终坚守岗位，肺部切除，右手掌切除，经历了大小手术 10 余次只请求医生保留下食指，因为她还要用电脑录入残疾人数据，虽然她去世几年了，但现在残疾人一说起她还潸然泪下。陈欠水，在担任福建惠安县残联理事长 14 年里，骑着一辆"五羊牌"自行车，挂着一只旧的军用水壶，带着一个掉了皮的公文包，每年下乡 250 余天为残疾人办实事，即使退居二线后也依然坚持，被残疾人称为"活菩萨"。苏柳英，湖北鄂州市残联主任科员，她自学手语和法律，先后扶助 1000 余名残疾人创业就业，帮助 60 多名残疾学生步入大学校园，是残疾人心中的"苏大姐"、"苏翻译"、"苏担保"、"苏法官"。王延勤，浙江宁波市海曙区残联副理事长，他将毕生的精力奉献给残疾人，直至生命的最后一刻，在他停灵的 3 天里，上千名残疾人自发前来守灵……

我常常在想，这是怎样的一群人？他们对残疾人怀有感情，竭力帮助残疾人排生产之忧、济生活之困、解发展之难；他们对残疾人工作抱有热情，以积极主动的态度、认真负责的精神、持之以恒的努力，把党和政府的温暖送到千千万万的残疾人心坎上；他们开拓创新具有激情，以蓬勃朝气、昂扬锐气，着力推动破除各种障碍，大胆探索新的发展路径；他们献身这项事业充满痴情，虽历经艰难困苦而初衷不改、矢志不移，专注于心、执着于行，倾注着心血汗水，甚至献出了宝贵的生命。这是怎样的一种情怀？没有豪言壮语的誓辞，只有无声的行动，迎着寒风、顶着烈日，踏遍千山万水、走进千家万户；没有惊天动地的事迹，只有年复一年、日复一日的努力，做着一件件看似具体琐碎而攸关残疾人切实利益的事情；有的人带病工作、最后累倒在工作岗位上，有的把自己的家产拿出来抵押、贷款给残疾人办事。这是怎样的一种精神？服务着最为困难、最为弱势的群体，手中权小、钱少、势缺，工作艰苦、清苦、辛苦，有时还要放下身段、到处求人，但却一直在坚守、坚持，没有怨天尤人，没有消极怠工，不图高薪厚酬，不求感恩回报。有人说他们傻，有人说他们愚，可我却觉得：

——这是一群高尚的人，有着崇高的人道主义情怀。人道主义是爱与尊重的体现，是社会进步的产物，是人类共同的精神财富，也是一种信念、一种力量、一种奉献、一种希望，是最质朴平凡也最不容易达到的人生境界。直接帮助最困难的群体，就是最现实的人道主义。残疾人工作者全心全意为残疾人服务，用实际行动践行着人道主义精神。从他们身上，我们看到了牺牲小我、成就大我的道德风范，看到了乐于付出、甘于奉献的崇高品格，看到了纯洁如玉的美好心灵，也标注出当代中国人精神的新高度、当代中国文明进步的新荣耀。如果我们每个人都懂得人道主义的内涵，都拥有"人道"的情怀，那就会使人有更宽阔的胸襟、更广大的视野、更博爱的情怀，就会使人生更有意义、更有价值、更加精彩。

——这是一群有担当的人，致力于为国分忧、为残疾人造福。残疾人工作看似简单平凡、实则非同寻常，看似普通平淡、实则非同一般，它关乎民生、连着民心，既是善举又是德政。几十万残疾人工作者背负着道义和责任，真情服务着8500万残疾人，做的不仅是扶弱济困、造福老百姓的善事，而且是为党和国家分忧解难的大事。从他们身上，我们看到了对党和国家事业的无比忠诚，看到了勇于任事、敢于担当的主人翁态度，看到了埋头苦干、认真负责的敬业精神。如果每个人都能像他们这样，我们的事业就能无往不胜，就能创造更加灿烂美好的明天。

——这是一群懂得幸福真谛的人，拥有令人动容的人间大爱。人生什么是幸福？可以有不同的阐释，但是我们在实际生活和工作中，往往会看到这样的现象：越简单就越愉快，越单纯就越幸福。幸福的人不一定是得到的多，但幸福的人必定是计较的少，知道自己是幸福的人，才能享受幸福，幸福的最大障碍是奢求过多的幸

福。幸福的人一定是心态平和、心灵满足、心情愉悦、心地善良的人。广大残疾人和残疾人工作者深深懂得这个道理，所以他们是幸福的。如果我们每个人能知晓此理并身体力行，也一定会是幸福的。

我的办公桌上放着一幅画，是用铅笔素描的我的头像，画技明显很稚嫩，却很认真，每一个线条都

41

画得一丝不苟。这些年，我调换过办公地点，办公桌上的物品也有更新，而这幅画却一直摆在案头。它不是出自什么名家之手，于我却有特别的意义：那是北京第二聋人学校的孩子们郑重地送给我的——我想，它还会长久摆放在我的案头……

我的"三农"情缘

WO DE "SANNONG" QINGYUAN

　　在中国，"三农"问题始终不是一个轻松的话题，农业政首邦本的地位和繁重艰巨的任务、农村广袤秀美的神韵和滞后艰深的状况、农民朴实奉献的品质和劳苦艰辛的现实，使我的心灵和情感不断得到洗礼和提升。

　　在长期的农村工作实践中，我深深地折服于农村基层干部的能力和水平，他们有着处理问题的丰富经验和办法，能用最简单的语言概括传达上级繁复的精神和要求，能用最简单的办法解决基层复杂的问题和矛盾，能用最炽热的情感化解农村冰冷的隔阂和纠纷。

我的"三农"情缘
WO DE "SANNONG" QINGYUAN

　　我与农业、农村、农民有着不可割舍的情缘。我的学习、工作、生活和成长，从没离开那个让人们感到厚重而闪光的"农"字。"三农"使我痴迷于斯，照亮我的路，温暖我的心，哺育我成长，激励我前行，给予我太多太多的感知、感悟和感奋，赋予我永不舍弃的情感、责任和力量。

　　我出生在我国第一产粮大县吉林省榆树县，工作也在这里起步。上个世纪六十年代初，我从农业学校毕业后，第一个工作单位就是县农业局，其后又在省农业局、农牧厅和省委农村政策研究室、农工部及中央政策研究室工作，虽然变换了多个岗位，却从没离开"三农"这个行当；我先后在公社、县里、地委行署、省委省政府和国务院工作，虽然变化了多个层级，却从没离开"三农"这个事业；我先后在吉林、湖北、安徽、江苏等四省工作，虽然变动了多个省份，却从没离开国家商品粮基地和农业大省。我的履历说起来既较复杂，又很简单，尽管变换了多个岗位，走过了多个地方，经历了多个层级，但工作的主线主业就是"三农"。可以说，我和"三农"真是今世有缘，相伴永远。我的工作和生活已与"三农"紧紧相依并融合在一起，"三农"事业在我心灵上的印痕是刻骨铭心的。离开"三农"，就没有我的成长经历；离开"三农"，也不是我的真实人生。

在中国，"三农"问题始终不是一个轻松的话题，农业政首邦本的地位和繁重艰巨的任务、农村广袤秀美的神韵和滞后艰深的状况、农民朴实奉献的品质和劳苦艰辛的现实，使我的心灵和情感不断得到洗礼和提升。马不停蹄的"三农"工作经历，给我留下了往昔许多挥之不去的珍贵回忆，一幅幅鲜亮透明的图景不时映入我脑海，拨动我心弦，直闯我心扉，让我激情荡漾，难以自已。

○一点一滴见真情，情自沃土缘在农○

我对"三农"有着与生俱来的亲近之情。我家乡一带是松辽平原著名粮食产区，是世界玉米黄金带上的一颗耀眼明珠。家乡的父老乡亲爱在黑土，情在五谷，把务农种粮、养殖禽畜作为生计之本。小时候，我常常看到老人们教育儿女，要敬畏负载和生养万物的大地，要学会种地，学会养家糊口，学会吃上饱饭、穿上暖衣的本领。松辽平原盛产多种农产品，乡亲们爱种善种庄稼，由衷赞美和悉心呵护田园。父老乡亲的音容笑貌、言谈举止，使我深深懂得种好粮食、吃饱穿暖对农家的重要，农业有个好年景是他们最真切的心愿，农产品卖上好价钱是他们最朴素的期盼。

我的"三农"情缘
WO DE "SANNONG" QINGYUAN

　　我与"三农"的情缘，在学和干中不断加深。农民的培养教诲，长期的耳濡目染，使我学中情益浓，干中缘益深。我在县乡和地区工作时，经常与同事们一道进村入户开展工作。当时交通不方便、信息不发达，去村里一次不容易，一下去就要多住些天，有时十天半月，有时几个月。那个时候，下乡进村是开展农村工作的基本常态，驻村蹲点是同农民打交道的重要方式，与农民同吃、同住、同劳动，摸爬滚打在一起，是了解"三农"实情的基本功夫。20世纪60年代我曾在农安县合隆公社合心大队，70年代在榆树县于家公社五家子大队和谢家公社谢家大队，80年代初在扶余县大林子公社九坨子大队各蹲过半年多的点。至今，依然留恋村庄里那段淳朴火热的生活，不忘田野里那些鲜活艰苦的场景。在大地复苏的春天，我曾和"顺着垄沟找豆包"的农民兄弟一起扶犁、点种、"踩格子"；在烈日当头的夏日，我曾和"水一把、泥一把"的庄稼把式一块儿间苗、铲地和灭虫；在满眼金黄的深秋，我曾和满手老茧、饱经风霜的父老乡亲一道收割、拉地和打场；在风雪交加的隆冬，我曾和"狗皮帽子靰鞡脚"的东北汉子一同刨粪、送肥和交公粮。80年代中期我调到省里工作后，下乡调研仍然是经常的事，即便在国务院工作的10年间，我也先后下乡500多天，主要是到农区、牧区、林区、灾区和贫困地区。坐在农家炕头与农民促膝谈心、走进田间地头同农民唠磕干活的情景，至今我仍历历在目。

在我们这个农民仍然占多数的国家，怎么正确认识和看待农民，可谓关系重大、影响深远。由于种种原因，城市里的一些人并不完全了解农民、不真实理解农民，或多或少地对农民有陌生感、距离感、优越感，有的甚至有偏见。长期从事"三农"工作的实践和与农民直接打交道的经历使我深深体会到，我国这些"乡下老百姓"，他们的文化水平虽然不高，但道德素质却不低；他们在劳动中付出的辛劳和汗水虽然很多，但欢笑、愉悦却不少；他们的家庭收入水平虽然不高，但生活的满意度却不低。这些"乡下人"，有些时候看似木讷，实则智慧；看似谦恭，实则自尊；看似温和，实则坚强；看似卑微，实则高贵……特别是经过改革开放的洗礼、市场经济的熏陶，广大农民的思想观念、行为方式和精神面貌正在发生前所未有的深刻变化，他们既传承了中华民族的传统美德和高尚情操，又增强了现代市场经济的观念和开放进取的意识。他们正在经济社会发展的各个岗位上，默默地劳动着、创造着、奉献着，他们是可亲可爱、可敬可佩、可歌可叹的，在他们身上表现出的勤劳质朴、坚毅顽强、崇善明理和知足感恩的特质，值得我们礼赞与尊重。

我国农民具有勤劳质朴的传统美德。我们五千年的悠久历史是一部辉煌灿烂的农业文明史，而创造农业文明的主体就是农民。面对艰苦条件，广大农民群众不等不靠，用自己勤劳的双手认识自然、改造自然，不断改善生产生活条件，也不断积累和创造着社会财富。"面朝黄土背朝天"是对我国农民劳作真实而生动的写照，正是他们胼手胝足、辛勤耕耘，用汗水、心血和生命滋养着人口众多的中华民族，推动着中华民族的文化延续和文明传承。在农事大忙季节，农民起早贪黑，抢抓农时，常常是"早晨三点半，中午嘴嚼饭，晚上看不见"，用劳动和心血夺得一个个好年景。东北玉米主产区农民过去抗旱播种时，经常是人挑车拉水到田，人工刨埯坐水种，一埯一瓢水、一埯几颗种。他们说，宁可自己多受累少喝水，也要让种子把水喝足。在长期的生产实践中，广大农民既创造了传统农业技术精华，又学习应用现代农业科技，追寻着绿色田野里丰收的希望。

农民世代从事繁重的农业生产和体力劳动，也塑造了为人正直、待人诚恳和朴实无华的特点。他们没有华丽的语言，却有一颗真诚的心；他们没有亮丽的外表，却有一团火热的情。记得我们下乡蹲点住农家"吃派饭"时，正是我国农产品极度短缺的年代，农村缺衣少粮，农民生活艰苦。他们自己省吃俭用，却尽力把我们的饭菜做得足、做得可口；他们养鸡自己舍不得吃鸡蛋，多是用来换油盐酱醋，却给我们蒸鸡蛋糕；他们自己取暖缺柴，却把我们住的火炕烧得热热乎乎。农民种地的辛苦劳累，克服困难表现出的聪明智慧，为人处事透露出的情义至诚，令我们钦佩和感动。

我国农民具有坚毅顽强的宝贵品质。我国人多、地少、水缺的基本国情，封建社会长期动荡不安的世情，粮食生产等受自然条件约束很大的农情，造就了农民坚毅顽强的个性。他们用不畏艰难的执着与倔强，在这片靠天吃饭的土地上，承袭着中国农业文明的血脉，供养着繁衍生息的中华民族。新中国成立后特别是改革开放以来，农民群众与自然奋力抗争，以极大的热情发展农业，不断调整生产结构，转变生产发展方式，探索了家庭承包经营、乡镇企业等成功经验，创造了用占世界9%的耕地、6%的淡水资源养活占世界20%人口的伟大奇迹。

我国自然灾害多发频发重发，大多发生在农村，农民往往是直接承受者。近些年来，我曾亲眼目睹1998年长江巨大洪峰来势凶猛、2003年淮河全流域大洪水险象环生、2006年17级超强台风"桑美"在福建浙江横行肆虐、2006年黑龙江内蒙古三场特大森林火灾火烧连营、2009年辽宁朝阳大旱赤地千里，我也在汶川特大地震灾区、青海玉树强烈地震灾区、甘肃舟曲特大山洪泥石流灾区度过数十个日日夜夜。我们既亲眼看到了什么是山崩地裂、房倒屋塌、灾魔猖獗、无坚不摧，更看到了什么是真正的顶天立地、战天斗地、感天动地、坚不可摧；既看到了个人的渺小和生命的脆弱，更看到了人民的伟大和生命的顽强。在汶川地震重灾区青川县一个山村，受灾农民群众自发撰写的"有手有脚有条命，天大的困难能战胜"，"出自己的力，流自己的汗，自己的事情自己干"的标语，震撼我们每一个人的灵魂！我们的农民兄弟姐妹、父老乡亲，我们的老百姓、"乡下人"，在大灾大难面前，没有萎靡不振，始终抱有战胜灾难的坚定信念、克服困难的坚定信心、重建家园的坚定信仰，所以大水大旱大火大风之后，生产结构得到调整，水利建设得到加强，自然生态得到修复，防灾举措得到细化；汶川、玉树、舟曲三大灾区的重建举世惊叹，一座座新城、一片片新区、一个个新村拔地而起，科学规划设计精心组织实施，实现了几十年的跨越发展。我还记得发生我国首例高致病性禽流感的广西隆安县丁当镇，疫情之后聪明不服输的丁当人痛定思痛，从"谈鸡色变"到"养鸡致富"，创出了知名的"叮当鸡"品牌。

在市场经济条件下，由于信息不对称、服务不到位，农民不仅面临自然灾害的风险，还常常要承受巨大的市场风险和质量安全风险。这些年，一场动物疫情、一起质量安全事故、一条网络谣言、一段手机短信，往往就会造成相关农产品积压、农业产业受损、农民收入减少。尽管政府采取了补救措施，农民仍要承担大部分损失。农业常遭大灾，农民从不屈服；农业常有波折，农民从不气馁。广大农民在自然灾害和市场风险面前，坚忍不拔，顽强拼搏，迎难而上，愈挫愈奋。这是中国农民的伟大精神！这是中华民族生生不息的强大力量！

我国农民具有崇善明理的优秀品格。传统的农民是小生产者，在自然经济条件下，个人和家庭的主体能力都很弱，既无法单独摆脱对自然力量的依赖，又无力控制社会形态变化对自身的冲击。因此，以血缘关系为基础的"氏族公社"逐渐向以聚集地为范围、以地缘关系为基础转变。血缘、亲族、邻里间的团结互助被高度珍视，农村宗族组织历经千年牢不可破。在朴素的家族意识、村民意念和宗法意志下，农民以亲情伦理至上，邻里间团结友爱，困难面前相互帮助，面对矛盾相互包容，与人为善、彼此尊重、宽以待人、诚实守信，借贷还钱和父辈借钱儿孙还债在农民心中是天经地义之事。广大农民浓厚的爱国主义和民族凝聚力也源于家族责任和对土地家园的眷恋。农民关心自己利益，但维护国家利益从不含糊；农民期盼改善生活，但为国家发展作贡献从不打折扣。他们坚持以国家利益为先，以经济社会发展大局为重，总是"交足国家的，留够集体的，剩下才是自己的"，这样的"大道理"在农民身上得到了充分的体现。我深深地记得北方地区农民在隆冬时节卖粮的情景。在上世纪六七十年代，由于粮食收购站点少，乡亲们赶着大车走十几里路到粮库去交粮卖粮，有时卖粮的车队要在寒风中排出几里地，辛苦的卖粮人往往眉毛、胡子都挂上厚厚的白霜。尽管严寒难耐，但不卖完粮食不回家，因为他们心中有一种情结，把好粮卖给国家，为国家多作贡献。

目前，虽然农民负担减轻了，但农民仍以土地低价格、务工低工资等"要素贡献"支持工业化城镇化发展。进城务工的农民，分布在各个领域和行业，他们从事着艰苦繁重的工作，是我国经济建设和社会发展的一支生力军。在建筑装饰、修路架桥、采掘运输、纺织服装、餐饮服务、家政保安和城市环保等行业，农民工的比重高达 80% 左右，成为产业工人的主体。但他们中的大多数至今没有享受城镇居民同等的待遇。农民作出这么大的奉献和牺牲，既是制度安排使然，也与他们骨子里牢固的国家观念密不可分。对农民而言，国家是神圣无比的、是必须全力维护和支持的。随着发展阶段的转变，我们有条件更好地善待农民，更有力地反哺农业、繁荣农村。

我国农民具有知足感恩的高尚品性。农民对待大事小情，对待邻里乡亲，对待国家社会，更多的是豁达大度。农民在忙碌中得到乐趣，在劳累中寄托希望，很少发牢骚，很少有怨言，给点肥水就长苗，给点阳光就灿烂。播种是为了收获，丰收了就心满意足，始终抱着一颗平常心，生活得平淡而踏实，没有不切实际的奢望。农民对关心、支持和帮助他们的人，总是想着回报。我曾多次到山区和偏远地区考察"三农"工作，那里农村发展缓慢，农民生产环境和生活条件更为困难，在很长一段时间里，他们过着贫苦辛劳的日子。有时发生严重自然灾害，我和同事们去看望慰问他们，他们从不叫苦和埋怨，只说"感谢"。当国家给他们一定的扶持时，他们的知恩感恩之情溢于言表。此时，我内心里不仅是敬意和欣慰，还有伤感和愧疚。粮食主产区的农民，粮价每

提一分、补贴每增一点，他们都打心眼儿里知足和高兴。当他们乐道"种地不纳税、上学不交费、看病能报销、低保有补助、养老有保障"时，满面洋溢着幸福和感恩的笑容。人生之苦在于心之不足，人生之累在于心之不宽，知足心宽的人不苦不累啊！可以说，广大农民群众对党有着深厚的感情，无论是革命、建设时期还是改革开放时期，都是党可靠的群众基础和可信赖的依靠力量。

我们讲爱民、亲民、利民、富民、安民、护民，万万不可忘记了农民；农民对社会的贡献，理应得到全社会的推崇和尊敬。如果

我们多想一想自己是谁、来自哪里、根在何方，或许就会大大增加
对"三农"的认同和情感。其实，我们每一个社会成员，对农民并
不陌生，或许我们自己，或许父辈乃至祖辈，都曾是农民；同农业
并不生疏，或许我们自己，或许父辈乃至祖辈，都从事过农业；
与农村并不遥远，或许我们自己，或许父辈乃至祖辈，都来自农
村。追根溯源，我们与农民血脉相通，我们与农业血肉相连，我
们与农村血缘相亲。农业是我们的生存基础，农民是我们的衣食
父母，农村是我们的精神家园。农业艰苦劳累，但干农业充实快
乐；农民憨厚率直，但交朋友实在真诚；农村条件艰苦，但田园
生活回味无穷。支持"三农"事业，不正是全社会义不容辞的责
任义务吗？从事农业农村工作，不正是我们与"三农"的深深情
缘吗？

○一米一粟寄深情，源头活水根在农○

在我的"三农"人生中，经历过三年困难时期粮食极度短缺的
特殊灾难，目睹过"以粮为纲、全面砍光"的被动局面，参与过推
行大包干、粮食大丰收的激情岁月，面临过农产品"多了少、少了
多"的尴尬状态，也见证过粮食生产"十连增"、农民增收"十连
快"的黄金时期。这些经历，丰富和加深了我对农业和农民的切身
感知。我深知农业的重要和农民的情操，也深知农业的艰苦和农民
的艰辛；我了解农民的希望和期盼，也了解农民的诉求和不易。我

记得上个世纪六七十年代，农民的生产经营受到严格限制，规定只能种什么、只能养几只鸡，否则就要割"资本主义尾巴"。有些地方甚至不许农民耕种自留地和养护自留山，对农家的婚丧嫁娶也有种种限制。实际上，农业的事情既繁多复杂，又简单明了；农民的诉求既多种多样，又万变不离其宗，主要是要求生产经营自主权和管理民主权。有些农业问题和农民诉求的解决，有时候说起来殊为不易，做起来又很简单。归根结底，就是要用政策和制度保护农民的物质利益和民主权利。农业政策、农村制度与农业农村农民的前途命运息息相关。

2004 年以来，我国粮食生产实现历史罕见的连续十年增产，棉油糖、果菜茶、肉蛋奶、水产品生产全面发展；农民收入连续十年以较快速度提高，连续四年超过了城镇居民收入增速。这样的佳绩来之不易，饱含着农民的奋力、政策的动力、科技的推力、部门的合力和老天的助力。正因为有了增产增收的丰硕成果，城乡居民的饭碗才端得更实更稳，扩大内需才有了扎实基础，应对国际金融危机才更有底气，应对各种天灾人祸才更有力量。在源远流长的中国农耕文化中，脍炙人口的"湖广熟，天下足"、"中原丰，粮仓盈"、"走千走万，不如淮河两岸"、"东北大粮仓，囤满喜洋洋"，耳熟能详，世代相传，表达了人们对吃饱肚子和粮食安全的关切和关注，体现了中华民族把饭碗端在自己手里的理性和理念，至今仍具深刻启迪。

我的"三农"情缘
WO DE "SANNONG" QINGYUAN

2011 年 12 月 26 日，在庄严的人民大会堂，国务院召开全国粮食生产表彰大会，授予产粮大县的奖杯，很好地表达了粮食和农业的重要意义和特殊地位。精心设计的奖杯以古代炊具"釜"为主体造型，以代表丰收的金黄色为主色调，表达粮食丰收托起国人饭碗的深刻意蕴；三根立柱代表稻谷、小麦、玉米三大主粮，也象征着政策、科技、设施装备等现代农业的三大支柱；底座两层八个立面绘有从古代农耕到现代农作的标志性图案，标识着农业从传统走向现代的演进趋势；整个底座以"四平八稳"寓意农业基础牢固，以"四面八方"昭示各方协力保障国家粮食安全。

农业农村发展的又一个黄金期，再次印证了政策是农业的生命线。党的十六大以来，我们与时俱进推进理论创新，顺势而为推进政策创新，坚持不懈推进制度创新，扎实有力推进工作创新，确立了科学的"三农"工作指导思想，构建了系统的强农惠农富农政策体系，形成了明晰的统筹城乡发展制度框架，建立了高效的农业农村发展推进机制。我们全面取消"农业四税"，结束了2600 多年农民按地亩缴纳"皇粮国税"的历史；实行"农业四补贴"，开创了政府直接补贴农民的先河；彻底放开粮食购销，迈出了农业市场化改革的关键一步；出台粮食最低收购价、重要农产品临时收储、农业保险保费补贴等措施，构建了农业风险防范化解机制；取消粮食风险基金地方配套、中西部地区公益性建设项目县及县以下资金配套，实行主产区财政奖补，建立了促进地方政府重农抓粮的激励机制；实施林业、草原等生态效益补偿，探索了生态建设保护机制；推动基本公共服务上山下乡、进村入户，义务教育"两免一补"率先在农村开展，新型农村合作医疗和基本药物制度、农村最低生活保障制度、新型农村社会养老保险制度全面建立；实现了城乡按相同人口比例选举人大代表、扩大农民在县乡人大代表中的比例，城乡居民的平等权利进一步体现。这些政策的制定和制度的确立，归根结底是顺应了经济社会发展大势，符合了农民的期盼，满足了农民的意愿。农民和基层的创造和需求，是我们制定农业农村政策的基础和智慧源泉。离开这些，农业农村政策只能是无源之水、无本之木。

基层蕴藏着解决"三农"问题的真知灼见。在长期的农村工作实践中，我深深地折服于农村基层干部的能力和水平，他们有着处理问题的丰富经验和办法，能用最简单的语言概括传达上级繁复的精神和要求，能用最简单的办法解决基层复杂的问题和矛盾，能用最炽热的情感化解农村冰冷的隔阂和纠纷。农民和农村基层干部在长时期艰苦的磨砺中，对农村发展的路线方针政策有切身的感受、思考和比较，所以才有结合实际的创新、创造和创举。有些在办公室里想不出、想不通的问题，有些在多次会议上难以解决、议而不决的问题，到基层看一看、问一问、听一听，就豁然开朗了。有时我们苦思无策的事情，基层已有创新；有些

我们困惑已久的问题，基层早有答案；而有时我们担心出现的情况，基层却并未发生。正因为如此，农业农村工作不少全国性会议选择在市县开，而且经常开现场会，就是为了汲取群众智慧、总结基层经验，藉以典型示范带动。2004年以来，中央连续下发了10个以"三农"为主题的一号文件。一号红头文件承载着让13亿多中国人吃饱穿暖的"一号"使命，蕴涵着党和政府以及社会各界对

"三农"的"一号"深情，寄托着农民对幸福生活的"一号"向往。但一号文件之源在农民的创造，一号文件之根在基层的探索，一号文件之本在农民的福祉。中央强农惠农富农政策的顶层设计，绝不是凭空臆想的。只有从时代深处体察农村的脉动，从田间地头了解农业的态势，从神经末梢感知农民的希求，才能使我们的决策有大地的厚度、胸怀的广度、心灵的温度和普惠的力度。

基层萌动着推进农村改革的燎原之火。农民是农村改革的主力军，农村重大的改革举措往往来自农村基层的先创先试。发端于安徽的减免农业税费的探索，就为全国改革农村税费制度作出了重要贡献。上个世纪九十年代中期，创造大包干经验的安徽农民，又以"吃螃蟹"的精神闯出了一条取消农业税、减轻农民税费负担的路子。我在安徽、江苏农村调研，曾被农民对减免农业税的强烈渴望深深打动。许多农民说，以往我们依法缴纳农业税是应该做的，但现在社会进步了、国家实力增强了，我们要求减免农业税是合情合理的，也是为了让农业农村更好地发展。面对农民的呼声，省里几次开会研究和讨论，形成了一个共识：农村改革就是要改掉那些不合时宜的、歧视农民的、束缚农村生产力发展的陈规。于是，继安徽省之后，江苏省做出了在全省推进农村税费改革的决定，向全省农民发出公开信。应该说，我国农业税费改革的试点和探索在安徽，推进和推广在江苏。2006 年 1 月 1 日，国家正式废除了征收农业税的法律规定，中国

我的"三农"情缘

农民彻底告别了缴纳农业税的历史。河北灵寿县青廉村一位农民亲手铸造了一尊"告别田赋鼎"。这尊巨鼎刻着铭文:"我是农民的儿子,祖上几代耕织辈辈纳税。今朝告别了田赋,我要代表农民铸鼎刻铭,告知后人,万代歌颂永世不忘。"这些年来,我们尊重农民和地方的首创精神,加强改革的顶层设计,注重实施中的因地制宜、分类指导和循序渐进。我们坚持稳定而不折腾,明确提出现有土地承包关系保持稳定并长久不变,保障农民土地承包权益;坚持完善而不跑偏,健全土地流转机制,大力发展农民专业合作组织和社会化服务;坚持创新而不停滞,全面推进集体林权制度改革,将基本经营制度拓展到林地和草原。还是基于农民的呼声和探索,短短几年时间我们建起了世界上覆盖人口最多的社会保障网。实践一再证明,改革的真正动力,始终植根于基层和民众之中。

基层蓄积着破除城乡藩篱的巨大能量。由于历史的原因、制度的因素,我国城乡之间长期被分治分隔。改革开放后,农民冒着风险就地兴办乡镇企业,开辟了我国工业化的第二战场。进入新世纪以来,大量农民以巨大的勇气走入城市,数以亿计的人口大流动大迁徙,改变着中国,影响着世界。然而,这是一条既充满希望而又布满荆棘、坎坷不平的道路。2003年5月,我到江西农村考察非典疫情,到都昌县华山村看望因疫情从广东返乡的农民工。我们谈了许久许多,从进城务工谈到转变务农身份,从农民工子女入学谈到农民工社会保障，从企业务工谈到融入城市社会，从承包地耕种谈到家庭老人赡养……我受到了很大的教育和启示。农民工的前面是工人，农民工的后面是农民，当一种制度设计使农民工不论是前进还是后退都能享受社会发展的成果时，这个制度就是文明的、进步的、科学的。这些年来，在对待农民工的问题上，我们在理念和制度上都发生了巨大变化，实现了从多方限制到善待服务、从制度性分隔到制度性接纳的转变。国家出台了保护农民工权益的一系列政策，农民工工资支付、医疗保险、子女就学等问题正逐步得到解决。现在，统筹城乡的理念和推进城乡发展一体化的思想已经深入人心，但城乡二元结构仍然是制约经济社会发展的重大障碍，构建新型工农城乡关系还有很长的路要走。

　　基层涌流着农业科技进步的不竭源泉。农业的根本出路在于科技进步，现代农业的发展离不开科技创新和基层农技推广人员卓有成效的工作，他们的奉献精神和品格令人钦佩不已。同样毕业于高等院校，农技推广人员一到农业和农村工作，工资和待遇就比人家低，工作环境就比人家差。因此，基层农业科技人才流失的现象一直较为严重，据有关方面统计，涉农高校毕业生到县乡基层就业比例不到20%。选择了农业和农村的科技人员，他们放弃了进城和其他行业的优越条件，把汗水洒在田间，把论文写在大地，把成果送给千家万户。他们挚爱农业科技事业，耕耘在钟情的沃土，"让乡亲能吃上饱饭"和让农民富足的理念支撑了一个个科技成果的转化，以滴滴汗水铸就人生的价值。一次我实地考察农业科技工作，一位乡镇干部说，基层农技推广人员"远看像要饭的，近看像烧炭的，一问原来是乡镇农技站的"。他的话，深深地触动了我和随行人员。我还去过最基层的气象台站看望气象科技工作者，他们为防灾减灾和农业丰收、经济社会发展作出了重要的贡献，但不少台站设在深山老林，设在台风一线，不仅工作条件艰苦，而且待遇很低。农业科技人员的人生选择激励着我们，他们的呼喊诉求启迪着我们。2012年中央1号文件对农业科技体制创新作出了全面部署，出台了农技推广体系改革与建设示范项目基本覆盖农业县、农技推广机构条件建设项目覆盖全部乡镇和实现在岗人员工资收入与基层事业单位人员工资收入平均水平相衔接等"一衔接两覆盖"的高含金量举措，努力改善基层农技人员的工作和生活状况。经过有关部门的共同努力，艰苦气象台站的补贴问题也得到了较好的解决。从农民群众、农村基层干部和基层农技人员身上，我们可以悟出一个道理：离实践最近的人，往往是最聪明的人；接地气最多的人，往往也是最管用的人。

○一枝一叶总关情，最美祝福献"三农"○

我的经历赋予了我一生都不容改变的身份——"三农"人。无论是在地方还是中央工作，农村都让我魂牵梦绕。我喜爱农村的一草一木，眷恋农村的山山水水，思念农村的事事人人。

我到过很多迷人的村庄。村庄是地图上最小的单元，一提起村庄，不少人会以为是那样的狭小、简单及冷清。然而，我对祖国大地上星罗棋布的村庄却有着深深的眷恋和别样的情怀。她们是那样的博大和丰盈，那样的无际和绵长。在我看来，村庄承载着最神圣的产品产业，生长着最宝贵的生命食粮，积淀着最珍贵的农耕文化，延续着最绚丽的人类文明。她们虽然没有大都市的繁华与喧嚣，但充满活力、灵性与宁静。每个村庄，都有丰饶的物产，都有难忘的故事，都有动人的传说，都是一幅引人入胜的迷人画卷。我们要从更广阔的视野观察当今的农村，透过村落里那低矮的土墙和简陋的屋宇，瞭望和关注村庄怀抱里的山水草木，铭记和感谢村庄里那些淳朴善良的人们，体味和感知村庄里的那些看似寻常却又不平凡的人和事。每念及此，我都会为新农村建设给农民带来的现代生活而欢欣，也为乡村文明和田园风光在一些地方的消失而忧虑。

水是农村的生命血脉。我在多年的农业农村工作中总是关注水的问题。我国各地情况差别很大，往往是"东边日出西边雨"，这里洪涝灾害严重发生，那里却久旱无雨禾苗枯萎。2004年，我来到宁夏西海固的一个回族村。乡亲们用淳朴的话语和渴望的眼神告诉我，这里年降雨量只有200多毫米，而蒸发量却是降雨量

的七、八倍，种田靠天吃饭，人畜饮水靠地下水窖人工集雨储一
点，再到十几里外的地方挑一点，常常是上顿不接下顿，水窖的
水质变差了也舍不得扔掉。几天的"苦瘠"之行，成为我农村调
研中最难忘的一次"苦旅"。我亲耳听到了农民对水的渴望，亲身
体味了农民缺水的苦痛，亲眼看到了农民求水的付出。我更深切
地感受到，我国西部一些农村生活之"苦"苦在"缺水"，生产之
"苦"苦在"少水"，生态之"苦"苦在"无水"，发展之"苦"苦
在"短水"。水是生命之源、生产之要、生态之基，水利是经济社
会发展的命脉。2011年中央专门出台以推进水利改革发展为主题
的一号文件，水利发展步伐加快，水利建设投入加大，水利体制
改革加速，水利管理力度加强，3亿多农民喝上了放心水，3万多

座病险水库除险加固后转危为安，3000 多条中小河流得到综合治理，一大批老化失修的大中型灌区更新改造后焕发了青春，一些"五小"水利工程在广阔的田野开展实施，一渠渠清水贯通"最后一公里"流进农田。放眼未来，水必将成为工业化、城镇化和农业现代化的资源争夺焦点，水利始终是关系国计民生的战略性事业。

山林是农村的财富宝库。我国有 27 亿亩集体林地，蕴藏着巨大的发展潜力。2006 年，我到江西、福建等地山区考察林业生产。那里集体山林资源丰富，但由于权责利不明确，林农长期守着金山银山却没钱花。一心谋发展、不甘受贫穷的农民大胆探索实践，将林地经营权长期承包到户，将林木所有权完全归属农户，实行"山定权，树定根，人定心"，拉开了集体林权制度改革的序幕。山定权，给集体山林找到了一个合理的归宿；树定根，给林木找到了一个明确的主人；人定心，给农民作出了一个不变的承诺。中央及时总结基层的创造和探索，将集体林权制度改革全面推向全国，继家庭联产承包责任制后，推动了农村生产力的又一次大解放。我们还在湖南、广西等地召开现场会，以典型引领，鼓励林农利用承包的林地，发展木本粮油、林下经济，增加收入。实践证明，用制度管林、用制度建林、用制度兴林，是建设中国特色林业的关键所在。山林是宝贵的经济资源，是广大林农致富的源泉；山林是良好的生态环境，维护着生态的和谐与平衡；山林是悠久的文化财富，传承着古老厚重的山林文化。一定意义上讲，善待山林就是善待人类，发展林业就是在延续人类生态文明。

草原是各族牧民的家园和国家的生态屏障。我国有 60 亿亩草原，从青藏高原到天山南北，从呼伦贝尔到塞上河套，广袤的草原孕育出绚丽多彩的草原文化，演变着壮丽久远的民族故事，涵养着天赐珍贵的水土资源。由于气候变化、超载过牧，不少草原牧区生态出现恶化、发展严重滞后。勤劳的牧民为保护好草原、守护好家园，付出了艰辛的努力。我曾到毛乌素沙漠腹地看望一对防沙治沙的老夫妇。这对老夫妇从 1982 年开始治沙，一晃就是三十年。在漫漫黄沙中植树、种草，渴了喝咸水，饿了啃干粮，困了睡土房。他们硬是把那块沙丘治理好了，再现牧草青青、杨柳依依、雨水丰盈的绿洲。相对辽阔无垠的原野，他们的身影是渺小的；置身草原千百年的历史长河，他们的生命也是短暂的。但正是他们的艰苦努力和不懈付出，给这片古老的沙地带来幸运和吉祥。他们是平凡人，却干出了不平凡的事业；他们是平常心，却展现出了不平常的心灵；他们的脸庞饱经风霜，却洋溢着灿烂笑容；他们的话语朴实无华，却道出了天籁之音。

我去过全国大部分贫困地区。那里既有让人赏心悦目的自然风光和文物古迹，又有让人揪心伤感的恶劣环境和生存状况。帮助贫困地区脱贫致富是党和政府最为牵挂的事情。经过多年努力，农村居民生存和温饱问题基本解决，结束了中华民族几千年饱受饥寒的历史。但我们也清醒地认识到，平均数代表不了大多数，大多数低于平均数，整体的增长抹不平个体的差异。"李村有个李千万，九个邻居穷光蛋，平均起来算一算，家家都是李百万"。这并非个别现象。按 2300 元的新标准，2010 年全国农村贫困人口还有 1.28 亿，占农村人口的 13.4%。为使他们享受社会公平和生活尊严，2011 年中央制定了新的农村扶贫开发"十年纲要"，明确了"不愁吃、不愁穿，保障其义务教育、基本医疗和住房"这样一个"两不愁、三保障"的奋斗目标，实行扶贫开发与社会保障相结合，确定把集中连片特困地区作为扶贫攻坚的主战场。11 个片区规划逐个启动实施，每个片区都有一个国家政府部门作为"片长"牵头推进，标志着扶贫思路和工作方式发生了重大转变，扶贫重点和攻坚方向进一步明确。应该看到，有很多地方，贫困并不是他们自身的原因，多是环境灾害和疾病所致，谁生活在那个地方谁都可能难逃贫困。那里的干部和群众顽强地生产生活，有许许多多感人的事迹。贫困地区和贫困人口对那个地方不离不弃，实际上是替国家守土出力，本身就是一种无私的坚守，就是一种顽强的担当，就是一种无悔的付出。要多给贫困地区一些关爱和扶持，让他们同发达地区共同走上发展致富的道路。

关于"三农"问题，中央站在政治高度，立足国家发展大局，有过很多精辟深刻、醒人耳目的论断，而我们往往缺乏真正的理解和重视。现在的中国农村，远不是处处富足、人人无忧；今日的中国农业，绝非离现代化一步之遥；当今的中国农民，也并未享有与城市居民完全同等的权益。农民群众在革命时期牺牲很大，建设时期奉献很大，改革开放以来贡献很大，但现在很多地方生产生活条件依然很差，日子还不富裕，相当多的人还处在贫困之中。这些年来，尽管农民增收实现了"十连快"，但仍低于同期国内生产总值和城镇居民收入增长速度；尽管近4年城乡居民收入相对差距有所缩小，但收入之比仍超过3∶1，2012年城镇居民人均可支配收入24565元，农民人均纯收入7917元，收入差距仍处于历史高位。而且城乡居民收入的统计口径还不相同，城镇居民是可支配收入，农民是纯收入，如果都按可支配收入同一口径统计，城乡差别还要大。更让人心酸痛楚的是，农民作为当今社会的弱势群体，往往缺乏表达自己诉求的途径和方式，外界常常以同情、怜悯的眼光看待他们，以施舍、恩赐的态度对待他们，而没有真正理解他们的内心，也无法理解万世根本的农业问题。我们应给予"三农"更多的关注和关心，对农民群众抱有感恩之心，带着谦恭之诚，满怀关爱之情，设身处地为他们着想，真心实意帮他们解忧，让广大农民平等参与现代化进程，共同分享现代化成果。

　　过去10年每年召开的中央农村工作会议，都正值元旦春节"两节"前夕。"三农"工作之重、之难、之繁、之苦，是有目共睹的。在总结和盘点"三农"工作成绩的时候，我们对辛劳一年的农民和农村基层干部，以什么形式表达感激之情呢？每年在筹备中央农村工作会时，我都会认真思考这件似小又不小的事情，发自内心地撰写吉语祝辞。在每次会议结束讲话时，我都要用一个字来概括主题，表达情感，向他们致以深深的祝福。10年我分别用了吉、祥、安、顺、乐、通、舒、畅、和、福等10个字。在这篇文章即将结束的时候，作为一个曾经的"三农"工作者，作为一个永远的"三农"人，我衷心祝愿"三农"事业福泽民生、福德康宁、福和共生、福润九州、福兴中华，五福齐至；祝愿广大农民和农村基层干部福至心灵、福寿延年、福禄满堂、福乐常在、福顺吉祥，五福临门！

我的家乡情结

WO DE JIA XIANG QINGJIE

家乡有我人生的起点、成长的
足迹、前行的动力和无限的期冀
……

在我的家乡，一代一代并没有
高深玄妙和严格响亮的家训，但老
人们用自己的言行举止，耳濡目染
地浸润着儿女的道德情操，潜移默
化地影响着人们的行为规范，不断
地传播和延续着良好的家风和社会
风气；祖祖辈辈就是靠勤劳俭朴、
厚德包容、实干直行的品行，涵养
着我们民族的优秀文化，弘扬着我
们民族的传统美德。

我的家乡情结
WO DE JIA XIANG QINGJIE

吉林是生我养我的地方，是我魂牵梦绕的家乡。我年已七十，在吉林度过了四十六个春秋。那是人生中一段幸福美好的时光，是我十分怀念而又无比珍重的岁月。家乡让我享受生命的快乐，在那里我留下了童年的天真、少年的纯真、青年的成长和中年的成熟；家乡让我获得情感的升华，在那里我收获了亲情的眷顾、友情的帮扶、组织的培养和爱情的结晶；家乡让我明了道德的修养，在那里我得到了心智的启迪、良知的熏陶、操守的培育和人生坐标的定位。家乡有我人生的起点、成长的足迹、前行的动力和无限的期冀……

一方水土一方人。在我的血管里流淌着故乡热土的基因、地域特征的痕迹和关东文化的元素。无论时光和年轮怎样变幻，长白山的瑰丽雄伟依然矗立在我的脑海，松花江的滚滚波涛依然澎湃在我的心中，黑土地的肥美辽阔依然闪现在我的眼帘，乡土乐曲的欢快悠扬依然萦绕在我的耳边。离家乡距离再远，都不能改变我与家乡的血脉相连；离家乡时间再久，都不能改变我与家乡的心灵相通。几十年来，浓浓的乡音未改，悠悠的乡情未减，深深的乡思未淡，饮食的口味也未变。无论走到哪里，这种内心深处的情感从未淡化和走样，像陈年老酒，浓烈醇厚，日久弥香；像飞天风筝，海阔天高，根系大地；像巨形磁石，吸引游子，心路回归。厚重的家乡情结，让我感怀、眷恋、仰望和追寻。

○感怀乡恩○

家乡情结是人的情感世界中最丰富、最珍贵的一个部分。乡情林林总总，感念百转千回，最让人难以忘怀的还是家乡的恩情。乡恩似水长，是家乡用乳汁喂养了我生命和成长的身躯，用教育开启了我知识和智慧的大门，用双肩托起了我生存和发展的起点。父母的养育之恩，乡亲的教诲之恩，师长的教育之恩，同事的扶助之恩，组织的培养之恩，都让我铭刻在心，没齿难忘。越是随着岁月的流逝和年龄的增长，越能读懂家乡的恩情。

我是吃家乡的玉米、小米、高粱米籽和喝松花江水长大的。家乡人民淳朴善良、勤劳智慧、坚韧不拔的优良品质，给予我受益不尽的丰富营养。我20岁开始参加工作，从公社到县里，从县里到省城，从省城到地区，从地区再到省里，32岁任厅级干部，40岁担任省级职务，每一步成长，都凝结着组织的培养和家乡父老的帮助。我的青春年华伴随着家乡发展的岁月，与家乡的领导和同志们一起奋力工作、迎战困难、抗御灾害、共谋发展。那种同舟共济、合力搏击迎来的成功快乐，那种艰苦奋斗、并肩打拼凝成的深厚友谊，永远是我人生的宝贵财富。

我的家乡情结
WO DE JIA XIANG QINGJIE

从孩提玩耍到入学读书，所居所学所工作过的地方，都给我留下深深的情感和记忆。参加工作后，由于工作部门和地域经常变化，使得我的家居地和生活环境也多变。老伴儿最担忧和烦恼的不是我时常不在家，而是来来回回地搬家。我前前后后搬了十几次家，有时从农村搬到城市，有时从城市搬到农村，有时从县城搬到省城，有时从省城搬到地市。居住和生活的地方多，难忘的人和事也多。我常常思念那里的父老乡亲和同事，留恋那里的山水和村庄。

我的老家在榆树县城。父亲当时是一个单位的职员，身体多病，月工资收入不到四十块钱，拉扯我们六个孩子，生活十分困难。家里省吃俭用，还拿不起几个孩子上学的学费。为了生计，家里养了一头奶牛，平时主要靠母亲来料理，放学后我和姐姐牵到郊外放牧，同时割些青草野菜给牛当饲料。家里每天都得吃捞饭，以便留出米汤拿来喂牛。奶牛产的奶，家里人谁也不能喝，都要卖出去赚点钱贴补家里拮据的生活。当时送奶的任务就落在我这家里唯一男孩的身上。为了上学不迟到，早晨我要背上装着奶瓶的袋子，拎着书包，提前一个多小时出门，在上学的路上送牛奶，放学后还要一家一家地把奶瓶取回来。回忆这段往事，虽然有些酸楚和惆怅，但更多的是甘甜和美好。其实，从那个年代走过来的人，或许都有类似的经历。父母对子女是慈爱的，也是严厉的。母亲对我更多一些温馨和疼爱，父亲则更多一些严厉和管束。那时候，父母对我们唠叨的话语很多很多，提出的要求也很多很多。现在追思起来，这些话语很平常，并没有名言警句，这些要求也很平实，没有要我们出人头地，可无不凝结着父母要求我们老实做人、苦学成人、为人处事要讲良心当好人的希望。谁要是骗人说谎话，谁要是在学习上马虎懈怠，父母知道了是不会饶恕的。可以说，在我的家

乡，一代一代并没有高深玄妙和严格响亮的家训，但老人们用自己的言行举止，耳濡目染地浸润着儿女的道德情操，潜移默化地影响着人们的行为规范，不断地传播和延续着良好的家风和社会风气；祖祖辈辈就是靠勤劳俭朴、厚德包容、实干直行的品行，涵养着我们民族的优秀文化，弘扬着我们民族的传统美德。

榆树县城，是我读小学和中学的地方。我在中小学阶段，父母给予的多是要求和愿望，而老师给予的多是知识和方向。家乡的冬

季是很难熬的，天寒地冻，滴水成冰。母校校舍简陋，教室四处透风，每到隆冬季节，室内外几乎一个温度。坐在冰冷的教室里，手脚冻得红肿，像猫咬似的疼痒。为了冬季取暖，每到秋天，老师就带领同学们到田野里去拾柴、拔豆根，准备冬天生火炉取暖用的燃料。有的老师还把自家的柴禾拿来给班级生炉取暖。回想当年小学的冬天，尽管教室是寒冷的，但是师德师爱却格外温暖，像一缕缕春日的阳光，照在孩子们的身上。我读初中时正赶上三年困难时期，吃不饱饭，学校下午就放学，老师带领我们到农田里捡玉米棒、谷穗和豆荚用来充饥。有的学生交不起学费，学校就积极帮助想办法。有的学生辍学了，老师就登门找回来。学校经费紧张，老师就自制格尺、三角板等教具。初中毕业后，因家庭子女多、生活困难，父亲执意让我报考中专，以便能早工作早挣钱贴补家用。几年的吉林农校学习，老师的精心授业和培养，不仅给予了我参加工作所需要的专业知识，而且使我开始了解我国人多地少的基本国情和贫困落后的现实，开始认识社会和人生的真谛，开始知晓国以民为本和民以食为天的大道。老师的教诲和关爱，不时激起我对他们的深情追思。直到今天，我仍然记得他们和蔼可亲的面庞和笑容，记得他们讲课时的情景和语调，记得他们辛劳的背影和足迹。人老了，才会深切地感到，老师给予了我们无价的师德和师爱，给予了我们通往知识殿堂的基础和桥梁，给予了我们认知世界的好奇和兴趣，给予了我们美好人生的憧憬和向往。

　　父老乡亲的重情讲义让我时常感念。在家乡农村，如果谁家盖房子，全屯子人都来帮工，干几天也不要一分工钱。过大年时，家家都蒸粘豆包。一家一天蒸几大锅，然后放在零下二十多度的室外"天然冰箱"冷冻储藏，以备正月里吃起来方便。蒸粘豆包费时费工，乡里乡亲就你帮我、我帮你，许多人围坐在一张大桌子周围，一边唠家常一边包豆包。谁家要是有了大事小情，乡亲们就主动上门相帮相助。我记得，在于家公社和榆树县工作时，妻子生两个孩子我都没在家，是邻里帮忙找医生来家里接生，还煮了小米粥和鸡蛋补养身体，悉心照料。我回家前，连生的是男孩还是女孩都不知道。回家后，望着平安的母子，望着守候在身边的乡亲，我的心里踏实、温暖而又感动。

　　往昔的追忆和思念就像影视镜头的变幻一样，不时地闪现出我工作过地方的情景和画面。在县里省里工作时，实行蹲点包片制度。"蹲点"就是蹲在一个公社的一个大队。"包片"就是负责一个片、几个公社的工作。我当时包卡岔河这一片，每个公社找一个大队，在老乡家里住下来。白天干农活，晚上开会，每天都是吃派饭。有一年冬天，我到谢家公社谢家大队蹲点，那里地处半山区，多是坡耕地和丘陵地，生产条件十分艰苦。我吃住都在生产队，同基层干部和群众朝夕相处，一起冒着凛冽的寒风，赶着牛车马车，往地里运送农家肥和粪坑冰块，改良土壤，提高地力。有一次回公社开会，公社食堂知道回族的饮食习俗，好不容易才找到一点牛羊肉来犒劳我，我内心十分感动。那年秋天，我们辛勤的劳动和汗水，结出了丰硕之果。蹲点工作结束时，我与乡亲们一双双长满老茧的手握别，真是恋恋不舍，深切地感到农民兄弟是最可交的。多少回田间地头的共同劳动，多少次撤点回城的依依惜别，都让我难以忘却。

老领导、老同事对我真情坦诚的关怀和支持，让我终生受益。去年七月我回过一次家乡，在看望一位老领导时，他说起一件往事，让我十分感慨。那是1987年初，吉林省人民代表大会选举全国人大代表，当时我在省里任副省长，那个时候副省长一般不作为全国人大代表人选，因此组织上没有提名我。但是在省人代会上，许多人大代表根据全国人大代表组成和我的个人情况，联名提名我作为全国人大代表的人选。后来经过选举和组织批准，我成为七届全国人大代表。现在回想起来，当时代表的联名提名使我始料不及，让我深感不安，组织的信任和批准又让我倍感压力和责任。我离开家乡到外地工作时，很多老领导、老同事找我促膝谈心，传经送宝，殷殷叮嘱，使我深受感动。离乡后见到老领导、老同事的机会少了，逢年过节，或打一个问候的电话，或寄上一封写有祝福吉语的书信，寄托着望乡和思乡的情意。如今，昔日的老领导、老同事，有的已是白发苍苍、行动不便，有的已经永远离开了我们，但他们奖掖后人、甘为春泥的风范珍贵长存。

家乡的许多基层干部和农民群众，给我以思想上的启迪和工作上的帮扶。他们富有开拓创新的精神和埋头苦干的品质，涌现出很多先进典型和模范人物。上个世纪五十年代末到六十年代初，榆树县闵家公社农机站长何凤山带领群众率先搞农业机械革新，发展农业机械化。当时他的事迹得到国家重视，批准他为中国农业机械化考察团成员，赴前苏联学习考察。上个世纪六十年代中期，光明公社小乡生产队在好带头人齐殿云的带领下，自力更生，艰苦奋斗，改土造田，努力改变生产条件，建设新农村，成为当时远近闻名的典型。六十年代末期弓棚公社长发大队党支部书记刘珍带领农民大力发展农业机械化。当时国家把榆树县作为全盘农业机械化试点县。七十年代初，红星公社红星大队党支部书记佟万生带领群众既不放松粮食生产，又大力发展多种经营，使得集体经济不断发展壮大，农民收入大幅提高。《人民日报》专门介绍了他们的经验。

用时间编织的日历，一天一页地翻过。我同那家乡的榆树一样，增添着岁月的年轮。人生悠悠几十载，遇到的人众多，经历的事繁杂，有些人和事无声无息地淡化在岁月长河里，而有些却随着时间的流逝而变得分量十足，光彩夺目，清晰难忘。我时常独自想起家乡的人和事，回忆起同家乡人朝夕相处的日子，那些一去不复返的往事是多味的，既有喜悦、振奋和留念，也有沉重、迷茫和困惑。我们往往都有这样的体悟，在得到和收获的时候往往不真正懂得好好珍惜和把握，一旦失去后才知道珍重和留恋，才真正懂得时光不能再来，这就是真实的人生篇章吧。书写人生这篇文章，不能虚构，不能打草稿，也不能修改，只能是自己一生真实足迹的记录。我们每个人都要努力写好这部巨著，努力写得朴实无华，既要有乐观良好的开篇，又要有圆满的结局和值得品味的收尾。

○眷恋乡景○

人人都说家乡美，一草一木总关情。这么多年来，不管身处何方，在我的心里，家乡的地都宽广丰厚，家乡的雪都洁白无暇，家乡的水都香甜甘润，家乡的空气都清新怡神，家乡的天空都晴朗湛蓝，家乡的景色都美丽神奇。这些永远都是对我情感的浇灌，激起我对家乡沃土的深深至爱和多彩韵味的细细咀嚼，时间愈久图像愈清晰，乡景愈眷恋。

"一山邀明月，双水落彩虹"，说的就是家乡瑰丽巍峨的长白山，蜿蜒曲折的松花江和辽河。长白山是吉林的重要地理标志，全国十大名山之一，与五岳齐名。它绵延千里，气势恢宏，奇峰高耸，千姿百态，峡谷幽深，别有洞天。我曾多次登上长白山，每次投入她的怀抱，都会激发出对大自然的敬畏之情，对壮美风光的敬爱之情，对生态文明的敬仰之情，对家乡宝地的敬恋之情。天池是镶嵌在长白山主峰上的一颗明珠，它是全球最高的火山口湖，也是世界落差最大的火山湖瀑布。这里是三江之源，松花江、鸭绿江、图们江从这里出发，浩浩荡荡，奔腾不息，构成了地脉水源、辐射千里的广阔流域，滋润着丰腴肥美的黑土地，哺育了勤劳智慧的各族人民。沿江景色旖旎秀美，风光无限，以雾凇最为著名。上个世纪三十年代，一曲悲壮的《我的家在东北松花江上》，唤起了多少仁人志士的家国情怀，激励他们投入到抗日救国的时代洪流之中。

天池的源头活水是三江流域生命延续、生生不息的根本所在。我出生在松花江畔，饮水思源，家乡也是我的生命源头，是我的根脉所系，她像母亲一样，为我的人生烙上了鲜明的印迹。小的时候，我们在家乡与草木为友，和土壤相亲，在树下纳凉，在夜里观星，心灵是那么的轻松自在，这种经历和感觉，应该是现代城里人难以企及的期盼吧。家乡是我们的根，人的一生就像植物的发育成长一样，需要土壤、种子、阳光、温度、水分和精细呵护，家乡也给足了这些必备的要素，给足了我们发育成长的条件。

家乡绿色的生态环境如诗如画。我喜爱和陶醉家乡生态环境的原始、天然和鲜明。那种毫无矫揉造作之感的原生态和自然美，让人视觉舒适、神经松弛和心情愉悦。吉林是全国的生态示范省，从东到西构成特色鲜明的三大板块，美不胜收。东部峰峦叠嶂，林海茫茫，为关东大地撑起了一把生态巨伞；中部沃野千里，江河纵横，在松辽平原上编织了一幅多彩画卷；西部草原辽阔，湖泡相连，把广袤湿地装扮成一道靓丽美景。良好的生态禀赋，不仅提供了富饶的物产资源，更重要的是维持了地球生命支持系统，具有涵养水源、调节气候、孕育和保持生物多样性等多种功能。长白山森林的水资源承载能力相当于整个三峡的库容，是东北地区功能最强的"生态绿肺",被联合国列入人与自然生物圈保护名录。向海、查干湖等重要湿地构成了西部生态系统的重要一环,那里不仅风光秀美,更是丹顶鹤等珍稀鸟类的栖息地,每年春夏之交,这里就变成了鸟类的天堂,吸引大批游人前来观光游览。查干湖的冬捕场面蔚为壮观,充满了古老渔猎文明的神秘色彩,一网捕捞量堪称世界纪录,当拖网拉上冰面的时候,构成了冰湖腾鱼的奇妙景观。

多年来,家乡人民积极探索生态文明建设的实践创新。为提升西部湿地的生态功能,启动实施河湖连通工程,把松花江、嫩江、洮儿河水引向西部湿地,使吉林西部二三百个泡沼相连、渠水相通,重现水肥、草绿、景美、物丰的勃勃生机。几十年如一日地坚持实行最严格、最有效的保护措施,实现了连续 34 年无重大森林火灾,在全国乃至世界创造了森林防火了不起的奇迹!我记得,当年在省里工作时,我亲手接受了国务院给吉林省颁发的森林防火奖牌;20 年后,我在国务院工作期间,又亲手把森林防火的奖牌授予家乡。

家乡的四季交替分明,多姿多彩。每个季节都是一道特色亮丽的风景线。可以说,色彩和景色是家乡四季的真实容颜,温度和气候是家乡四季的鲜明表情。我在南方工作期间,曾为那里四季常绿的景色所陶醉,但对家乡四季交替、景色分明的变幻之美更是情有独钟。春天大地黝黑,夏季绿树成荫,秋季果实金黄,冬季白雪皑皑,真是一曲悠长的田园交响乐。春天是生命萌动之美,当春风吹拂大地，河边垂柳抽出了淡绿嫩叶，布谷声声催促人们带着微笑和希望，把一粒粒种子播种到黑土地里。夏季是浓妆艳抹之美，黝黑的土地变成绿色海洋，集中连片的玉米竖起青纱帐，蹲在喜雨过后的田间地头，你会听到庄稼咔吧咔吧的拔节声，预报着丰收的好年景。秋天是万物成熟之美，金秋十月到处是黄澄澄的果实，家家户户忙碌起来，起早贪黑颗粒归仓，眼看着金黄的玉米、品尝着清香的稻谷，人们脸上洋溢着灿烂的笑容。冬天是恬静洁白之美，大地白茫茫一片，天地相接，浑然一体，温室大棚里的新鲜蔬菜青翠欲滴，为寒冷的冬天注入了生机活力。

家乡四季的变幻与美妙，给家乡人的生产生活带来独特的风韵与情趣。农忙时有农忙的欢乐，农闲时有农闲的喜悦，四季的生活感受各不相同。家乡的四季之美，是大自然规律使然。天行有常，寒来暑往，生命轮回，草木枯荣。人生又何尝不是如此。实际上，人生有做加减乘除法的不同时期，也有春种、夏长、秋收、冬藏的不同时节，还有日出、日升、日下、日落的不同时辰。在人生的旅程中，就如同数学运算的不同方式，会做并做好加法和乘法，是睿智、贡献和辉煌；会做并做好减法和除法，是豁达、奉献和成功。在人生的不同时段，就如同农业的不同时节，春种夏长需要阳光雨露，展现勃勃生机和遒劲活力；秋收冬藏需要温暖关怀，展现成熟硕果和红叶风采。在人生的不同时候，就如同太阳一天的变化，日出日升是美景，展示蒸蒸日上、光彩照人；日下日落是美色，展示瑰丽余晖和无限夕阳。加减乘除，春夏秋冬，日出日落，这些都是人生的规律。认识规律是一种理智和清醒，认识规律才能把握好节奏和韵律，时有奔跑与喧嚣，时有漫步与休闲。青少年时期，要追求学习之乐、成长之乐、成材之乐；人到中年，要成就进取之乐、立业之乐、奉献之乐；晚年来临的时候，要深谙知足常乐，享受天伦之乐，善于自得其乐，这才是智者永乐。

○仰望乡土○

乡情最温馨，地缘最亲切。如果说家乡的壮美景色让我心旷神怡、回味不尽的话，那么家乡为全国大局作出的巨大贡献更让我倍感振奋、非常自豪，家乡人的奉献情怀更让我由衷钦佩、感念不已。仰望家乡故土，对父老乡亲的讴歌赞美让我真情释怀，如醉如痴，经常仿佛听见了那浓重的乡音，依稀看见了那丰收的广阔田野。

不知道什么时候，宝贵的"粮"字已成为家乡的一个符号和印记。吉林粮食从短缺不足到自给有余，再到大量调出，这是一个了不起的成就。上世纪七十年代，我在榆树县于家公社工作，由于国家粮食短缺，当地完成粮食收购任务后所剩不多，几乎年年都要为解决吃饭问题发愁，每到青黄不接的时候，就眼巴巴等着吃返销粮。农村改革后，吉林粮食生产发生了翻天覆地的变化，不仅结束了吃返销粮的历史，而且还成为粮食大省，赢得天下粮仓的美誉。

总产量连续登上五个百亿斤台阶，粮食商品率、人均占有量、人均调出量等指标，连续多年居于全国首位，是新中国成立后全国两个未间断调出粮食的省份之一。榆树、农安、公主岭、扶余、德惠、梨树等县（市），都是全国名列前茅的产粮大县。如果把吉林为国家提供的商品粮装满火车皮连接起来，可以围着地球赤道绕 2 圈多。我还清楚地记得，1988 年我国西南地区遭遇大灾，为保障灾区群众的口粮，国务院决定从全国紧急调集 100 万吨粮食。当时的国务院领导同志语重心长地说，每调去 100 斤粮食就可以救活一个人啊。国务院特急成立调粮指挥部，国务院分管领导任总指挥，我担任副总指挥。政令如山，在特急调运的 100 万吨粮食中，吉林省就调出了 82 万吨，圆满完成了国家交给的任务。

松辽平原是当今世界著名的黄金玉米带和水稻主产区。在这片沃土上，世代传承着千百年来的农耕文化。那么多的父老乡亲，从父辈手里接过农田，他们情系国家、爱在黑土，为着粮食安全之梦代代劳作，奋斗不息。农民兄弟喜爱"粮"的名字，"金囤"、"满仓"、"丰登"是先辈们给予子孙的称呼和希望；父老乡亲富有"粮"的情怀，不管风吹雨打、酷暑严寒，精心侍弄庄田，管护秧苗茁壮成长。一些农业技术员和种田把式经常说，种田像绣花，绣花要一针一线地绣，种田要一垄一块地侍弄。他们把农业科技和当地的生产条件结合起来，特别是注重农艺和农技相结合的种田技术创新，创造了许多先进适用农业技术。早在七十年代初期，家乡的水田种植就在全国率先应用大棚盘育苗和机插秧技术；旱田耕作则实行"间、混、套、复、圈"种植技术，间种、混种、套种、复种、圈种技术的协调应用，使得农田呈现出层次分明、布局鲜明的几何图形。现在的农业技术进步和应用更是今非昔比，优良品种选育、水田工厂化育秧、节水灌溉和植物保护等一批高新技术，正改变着传统的农业生产方式，农机农艺共同编织着绿色田野的丰收希望。

在家乡长期工作和与他们的多年交往，我深深体味和感悟到家

乡人那种不平凡的黑土情结和粮食理念，这既积淀着源远流长的"爱农重粮"的历史传统，也饱含着现代农业发展的科学内涵。农业机械化是农业现代化的重要标志。回溯既往，我亲身经历了家乡从牛马耕作转变为机械耕作的重要时期，亲眼目睹了农业机械化给

农业和农村带来的巨大变化。在上个世纪 60 年代，农业播种和中耕使用的仍是以牛马为动力的木制犁耧，劳作辛苦，效率很低，一天仅能作业一两垧地。到 70 年代，开始使用铁制双铧犁，用几匹马作牵引动力，播种、中耕效率有了一定提高。80 年代，告别了木制犁耧，一些地方以拖拉机为动力，牵引播种机、中耕机械耕作，作业效率有了较大提高。从 90 年代至今，大部分地方使用了拖拉机或大马力拖拉机播种、中耕，大大提高了农业生产效率。农民高兴地赞美机械耕作："用拖拉机播种，下种深浅均匀一致，小苗出土一个生日，秧苗生长苗壮整齐。"从牛马拉犁默默耕耘到大马力拖拉机轰鸣驰骋，从古朴的传统农业工具到现代的先进农业技术装备，无一不凝聚着农业科技工作者和广大农民解决农业短板问题的智慧与探索，折射着农业科技进步道路上的启示与希望。

上个世纪 80 年代初，我曾在紧邻内蒙古自治区的吉林省白城地区工作。白城当时是全省面积最大而又最困难的一个地区，生态环境差，农业生产条件落后，居民收入水平很低。当地曾流传着这样一段顺口溜："走进洮南府，先吃二两土，白天吃不够，晚上还得补"。这是当时吉林西部恶劣生产条件的真实写照。全省贫困县乡主要在西部，扶贫重点是白城。我在国务院工作期间曾回过白城，记得那是一个天气晴朗的夏日，早晨六点多钟，火车驶入白城地区。我从车窗透过轻淡的晨雾，眼望掠过的片片碧绿农田和条条整齐林带，心中感到由衷的兴奋。我工作过的地方变了，变得这样碧绿和美丽。近些年，为了有效遏制沙化、碱化、荒漠化扩大的趋势，省里和白城市制定了禁牧、育草、植树等一系列措施，进行了治理"三化"的积极探索，全省及白城市农业生产条件发生了很大变化。"引嫩入白"等一批重大水利工程建成投入使用，近五年水利投资比此前新中国成立以来的投资总和还多；农机化水平大幅度提高，再也看不到人喊马叫的传统耕种画面，取而代之的是马达轰鸣的机械作业场景；防风治沙、植树造林、中低产田改造结出新硕果，一片片昔日荒芜的土地，如今已是林成网、渠相连、田成方的高标准良田。农业生产条件的改善，使单产水平成倍提高，粮食生产能力明显提升。由粮食而延伸出的农业产业化及农产品加工也迅速发展，形成体系。

吉林的干部有着"重农抓粮"的传统，他们站在黑土地，胸怀国家，想着责任，说起种地头头是道，如数家珍，许多人自己就种过地、会种地。为国家增粮、农民增收、地方发展，一定要把农业抓住、把地种好，可以说这在家乡已是一种"干部文化"。省里始终把农业摆在首位，坚持发展粮食生产不动摇，一届接着一届干，后任甘于为前任传好接力棒，前任乐于为后任做好嫁衣裳，体现着粮食大省对维护国家粮食安全的勇于担当。

家乡肥美芳香的黑土地，绝不是只生产粮食，吉林也绝不只是农业大省、林业大省、畜牧业大省。我的家乡在工业、科技、教育、文化等多领域也很有特色并为国家作出了重要贡献。屹立在长春的一汽，就是新中国汽车工业的长子。在我的脑海里，有一个关于汽车的记忆至今难以忘却。上个世纪五六十年代，在乡村乃至县城都很少能见到汽车，偶尔有一辆军绿色卡车从身边驶过，就吸引孩子们撵出多远，直到它拖着一团尘土消失在视野尽头，车上清晰刻着"中国第一汽车制造厂制造"。这是我对一汽最早的印记。自建厂至今，一汽已生产出2000多万辆汽车，"一汽人"为新中国的汽车工业发展作出了重要贡献。红旗牌轿车已走过56个春秋，在市场竞争中挺起了中国汽车工业的脊梁。还有家乡的"长春客车"，研发和生产了世界一流的动车，驰骋在大江南北的铁路线上。长春电影制片厂，也是新中国电影的摇篮，在中国电影史上谱写了辉煌篇章。

家乡物华天宝，是闻名遐迩的"东北三宝"的集中产区，人参之乡、皇家鹿苑、打牲乌拉久负盛名。地下矿产资源也十分丰富，油页岩储量居全国第一位，金、镍、锰、钼等稀有金属储量也很可观。家乡丰富的物产资源孕育着巨大的发展潜力，新兴产业充满生机活力，与传统优势产业交相辉映，汽车等行走机械产业、石油化工产业、农产品加工产业以及光电子产业、中医药产业等正迅速发展，昭示着再创辉煌的美好前景。

◎追寻乡思◎

家乡的情意是不能忘怀的，家乡的思念是不能割舍的。这是难以更改的生命定律，是难以摆脱的人性定论。常想故乡不孤独，追

我 的 家 乡 情 结
WO DE JIA XIANG QINGJIE

寻乡思是享受和期盼。我虽然离开家乡20多年，但家乡从来没有把我忘记，家乡人对我的工作给予了很大的理解、支持和帮助。无论是在北京还是湖北、安徽、江苏工作，每逢节日总能收到来自家乡的问候，经常能够吃到家乡人捎过来的"农家大酱"和"东北油豆角"，感到格外的亲切和温馨。我对家乡的关注也从未溜号，一直关心着家乡的发展变化，每次拿到全国经济社会发展统计报表，我都要特别看看家乡的情况和位次，有时还把手头的好资料、好经验给家乡的同志寄去。无论在什么岗位和地方，我总是为家乡的进步而高兴，为家乡的喜而乐、忧而愁。

家乡的粮食生产在全国大局中占有重要的地位，家乡气候变化的情况始终挂在我的心头。多少年来，粮食生产如何跳出"两丰两平一欠"的波动周期，一直是人们研究和探索的问题。全国秋粮产量占粮食总产的四分之三，每年粮食总产量的大头在东北。气象条件特别是霜期变化是秋粮波动的一个重要原因。记得1976年9月9日，一场早霜突然袭来，家乡普遍遭受严重早霜灾害。我一大早下乡，刚走出县城，就看到此时节本该碧绿的玉米田变得灰茫茫一片，玉米叶子由绿变黄，到田间用手指一掐玉米粒，还直冒白浆。当时我心里非常难过，没定浆的玉米一冻就死，要大减产啊。那一年，是榆树县历史上粮食减产最多的一年，给我留下的印象十分深刻。以后，无论到哪里，每年一入秋，我总是盯着东北天气预报，时常给那里的"农事通"打个电话，了解气温变化情况，那时最担心和挂念的就是家乡乃至东北地区会不会发生早霜，期盼着"自老山"年景。

我也一直为粮食大县是财政穷县而忧心和思虑。我在榆树县工作时，虽然榆树是全国产粮和售粮第一大县，但是县级人均财力还不及全省平均水平，只是全国平均水平的1/3，人们说榆树是"大寨县"也是"大债县"。干部群众常说："粮食减产是灾难，粮食丰收有危险。"由于当时国家实行粮食统购统销政策，粮食少了国家不提价，交的公粮不能少，农民收入很低；粮食多了国家收不进、储不下，农民卖粮难，丰产不增收。粮食市场放开后，情况虽有不同，但是谷贱伤农，产粮大县财政困难的问题依然存在。对此，党中央、国务院是高度重视的。2005年9月，我在宁波召开座谈会，研究如何提高种粮比较效益，增加粮食主产区农民收入和地方财政收入，调动和保护农民种粮和地方政府抓粮的两个积极性。会上对产粮大县之首榆树和经济实力百强县之首昆山的一番比较，勾起了我的思乡之情。榆树粮食产量超过70亿斤，为国家作出了重要贡献，而财政收入却与昆山相差数百倍，而且差距仍在以惊人的速度扩大。最近我又了解一下，去年榆树的户籍人口127.6万，财政总收入13.9亿元，而昆山的财政总收入达到673.6亿元，户籍人口仅75.3万。那次会议期间，我利用一个晚上考察了建于明嘉靖年间的宁波天一阁藏书楼，在各类古籍善本中，惊喜地发现了一本《榆树县志》。我驻足翻阅，进一步了解了榆树的历史变迁，看到了家乡人们不懈奋斗的足迹，听见了家乡人民奋力前行的呼唤，也感受到家乡粮多未富县、增产不增收的叹息。顿时我的思绪又回到了家乡，榆树粮食生产的成绩让我激动和骄傲，但经济发展和财力落后的差距又使我忧急和心焦，这既有历史原因，也有很多政策性因素。因此，国家扶持政策应进一步向粮食主产区倾斜，向商品粮调出多的地区倾斜。在思绪万千的感慨中参观结束了，陪同的同志要我签名留念。以往到任何地方参观，我都不签名不题词。可这次，我有幸在千里之外的天下第一藏书楼看见了家乡县志，心潮难平，欣然提笔签名，并注明"榆树人"。

粮食主产区的称号闪烁着使命和责任的光环。面对人多地少和淡水资源紧缺的基本国情，面对工业化、城镇化快速发展的新形势，提高粮食综合生产能力已成为粮食主产区乃至全国的共识和行动。如何实现粮食大省的新跨越？家乡各级干部和人民牢记使命，站在战略和全局的高度，描绘粮食发展的新蓝图，力争为国家作出新贡献。2007年，吉林省提出"新增百亿斤商品粮工程"的构想和方案。在600亿斤总量的基础上，再增产一百亿斤，谈何容易！但他们在发展农业特别是粮食生产上，从来就是敢于探索和创新，敢于承担和付出的。他们坚定地说，只要我们坚持科学发展，合理利用资源，调整品种结构，改进农业技术，向新增一百亿斤的目标迈进是大有希望的！他们是那样的理性和从容，是那样的豪情和自信！我为他们的精神所感动，为他们的智慧所打动。国务院在召集有关部门和专家深入地进行研究和论证后，专门召开常务会议进行审议，批复了吉林省实施增产百亿斤商品粮能力建设规划，在全国粮食主产区引起强烈反响。随即又有一些粮食大省陆续提出了"增粮工程"。这种为国家粮食安全担责分忧的精神，这种勇于为国家担当的粮食大省气概，是中华民族解决吃饭问题的力量和底气。在此基础上，国务院综合论证，制定出台了《全国新增千亿斤粮食生产能力规划》，对保障国家粮食安全发挥了重要作用。2013 年，吉林粮食产量首次超过了 700 亿斤，全国粮食产量登上了 12000 亿斤的新台阶。

先祖留给我们的肥沃富饶的黑土地，是国家和人民的瑰宝。从小我就知道，松花江和辽河是关东大地的两条母亲河。正是这两条江河冲击、沉积了肥沃的黑土地，东北平原成了为国家贡献和提供商品粮最多的地区。世界三大黑土地，另两块在北美和乌克兰，都坐落在北纬 40 至 60 度之间。得天独厚的关东沃土资源，难能可续的松辽水利资源，特需天成的中华北方冷凉资源，为优质粮食、畜牧和特产业的发展奠定了别具特色的基础依托。我深知家乡黑土地的重要与宝贵，我熟悉家乡黑土地的面貌与味道。家乡的黑土地还是那么黝黑与芳香吗？还是那样的丰厚与宽广吗？如今，有的地方很少使用有机肥、过量使用化肥农药，有的地方高产作物和引进品种替代了当地优良的传统品种，有的地方把过去为了培肥地力、防止病虫害而实行不同作物轮作的方式丢掉了。每当想起黑土层由深到浅，土壤有机质由多到少，土壤耕层由"暄"到"僵"，农作物结构由多元到单调，我的心情便充满焦急与忧虑。我们要用炙热的情感珍惜黑土，要用顽强的毅力守护黑土，要用负责的担当传承黑土。它承载着亿万农民吃饱穿暖的世代憧憬与梦想，它寄托着世人对五谷丰登的永恒期盼与希望。

在这片黑土地上，我们要编织出丰富多彩的农耕图画，要有多元的农业种植结构，要生产更多优质、高产、高效的农产品。农业发展需要引进一些优良品种，但要保护和培育好我们自己优良的土著农作物。我喜欢玉米的金黄，也留恋高粱的火红；我喜欢稻谷的金色，也留恋红黏谷的赤橙；我喜欢引进香瓜品种的高产早熟，也留恋"白糖罐"、"顶心红"土著品种的清香甘甜。保护和培育自己的农作物优良品种，建设高技术水平的种子繁育体系，把我们自己丰富多样的种质资源和特色品种的余香留给后人，是农业的一项重要任务。中国农业这篇大文章，绝非肤浅，而是十分深奥，永远也做不完；中国特色的"三农"课题绝非简单，而是复杂艰难，需要不断破解；中国特色的"三农"工作绝非容易，而是极富挑战，需要勇于担当。

当我们回望家乡山水田林之美，品味故土物华天宝之荣，传播乡亲倾心奉献之爱，感悟乡邻热土亲缘之情的时候，我们也有深深的叹惜，大千世界，芸芸众生，又有多少人能够真正参透这个情字呢？现代生活中，不少传统已被颠覆，一些人的欲望淡化了情感，功利吞噬了情操，物化舍弃了情义，多变动摇了情理。但对于我这样一个远离家乡的游子而言，家乡总是那么善解人意，总是那么淡泊纯真，家乡父老浓浓的乡情、温馨的亲情、真挚的友情，始终是深情的牵挂、无声的教诲和有力的鞭策。

最常念叨的地方往往就是最亲近的地方，最爱唠叨你的人往往就是最爱你的人，家乡和母亲就是如此。每当想起父老乡亲，每当想起自己生活和工作过的地方，心中便充满希望和激情。家乡是根基，看见家乡就不会东张西望；家乡是力量，想起家乡就不会犹豫徘徊；家乡是港湾，忆起家乡就不会孤单寂寥。家乡的风光，是我心中永远抹不去的那片彩云；家乡的父老，是我心中永远不能割舍的牵挂；家乡的恩泽，是我心中永远不能淡漠的感怀；家乡的发展，是我心中永远不能满足的期待。此缘、此恋，将如影随行，终生相伴；此情、此意，已根生脑海，永驻心间。

我所体悟的民族情谊

WO SUO TIWU DE MINZU QINGYI

记忆的河床上，金子在发光，河水在低吟，我心始终是民族心。

民族团结犹如空气和阳光一样宝贵，得之而不觉，失之则难存，任何时候都不能小视。促进民族团结，根本的是以诚对人、以德待人，以情交心、以心换心。至诚如神，心坚石穿。60多年来，我们党对民族工作始终高看一眼、厚爱一分，对少数民族始终讲感情、动真情，满腔热情地对待，设身处地地理解，诚心诚意地帮助，才有了"近者悦、远者来"的局面。这是搞好民族团结最朴素、最浅显的道理，也是最管用、最高明的智慧。

日月其迈，唯心维初。

流逝的时光如同涌动的大潮，明明暗暗、起起落落，带走了多少往事，湮没了无数记忆，最后留下的都值得我们用一生去珍惜、珍藏、珍念。记忆的河床上，金子在发光，河水在低吟，我心始终是民族心，"民族"二字与我有不解之缘、难舍之情、相拥之命，民族工作是给我感触最大、感慨最多、感悟最深的领域之一。

我在孩提时，就知道自己是回族，不可以吃猪肉，遵循着回族的生活习俗。上学识字了，会看清真寺前的宣传栏，知道族和教有别，不可以把民族和宗教划等号，不能把民族习俗说成是宗教信仰，但在各民族群众中有不少人都程度不同地打上了宗教的烙印。参加工作后，虽然不直接从事民族工作，但作为一名少数民族党员干部，有时遇到涉及民族因素的矛盾纠纷，组织上还会安排我们出面做少数民族群众的工作，往往收到好的效果。长期的基层工作经历使我认识到，尊重民族习俗很重要，妥善处理民族关系很重大，民族问题轻视不得，民族工作忽视不得。

到国务院工作后，有机会参与、亲历、见证了十年极不寻常的民族团结进步事业，思想和认识不断提高和升华。我感到，越是站在全局的角度考虑，民族问题和民族工作的极端重要性越是凸显。我们所生活的世界，就是一个多民族共存、多宗教共生的世界，民族问题始终是关系多民族国家治乱兴衰、各族人民福祸荣辱的一个重大问题，民族工作始终是我们执政兴国、治国安邦必须抓好的一项重大工作。在民族工作的实践中，少数民族群众的聪慧憨厚和生活艰辛，给我很多感动，也让我倍感责任重大；民族地区的天籁大美和发展滞后，给我很多惊叹，也让我倍感压力巨大；民族问题的复杂、民族政策的敏感、民族工作的繁重，激发我的敬畏，也让我倍感使命伟大。可以说，我对民族的"识"与日俱增，为民族的"业"与日俱谋，和民族的"情"与日俱深，心灵和情感不断得到洗礼和提升，对民族情谊有了更多的体察、体会、体悟。

我们伟大祖国，长期以来就是一个统一的多民族国家，是 56 个兄弟民族组成的共同体。在历史发展的长河中，我国各民族间自然接近，交流、交往、交融，形成了你中有我、我中有你、交错杂居、共生互补的格局。在抵御外来侵略和长期革命斗争中，各民族的血流在一起，情融在一起，同呼吸、共命运、心连心，谁也离不开谁，形成了生死相依、荣辱与共的血肉联系。古语云："声一无听，色一无文，味一无果，物一无讲。""和羹之美，在于合异。"中华民族之所以丰富多彩，中华文化之所以亮点纷呈，就在于我们的民族多样性。没有民族的多样性，就没有这么多色彩、这么多服饰、这么多饮食、这么多风俗，也就没有这么多人们所品味的、所欣赏的、所追求的、所可以相互借鉴的东西。多民族，使我们的祖国更绚丽多姿、更灿烂多彩、更丰富多元，更强大富饶，更加有看点。历史和现实一再印证，维护祖国统一是各族人民的最高利益，各民族团结友爱是中华民族的生命所在、力量所在、希望所在。

我所体悟的民族情谊，也凝结着党和政府对各族群众的关爱之情，对民族工作的关切之情，对民族地区发展的关注之情。古人讲："竭诚则胡越为一体，傲物则骨肉为行路。"少数民族群众很淳朴，也很懂得感恩；很讲感情，也很怕伤了感情。党中央、国务院对民族问题和民族工作历来高度重视，坚持走中国特色处理民族问题的正确道路，坚持和完善民族区域自治制度。我们高举民族大团结的旗帜，紧紧围绕各民族共同团结奋斗、共同繁荣发展的主题，切实遵循平等、团结、互助、和谐的原则处理民族关系，制定出台一系列政策措施支持民族地区加快发展。我国国土面积有64%、陆地边界有86%在民族地区。民族地区大多是资源富集区、水系源头区、生态屏障区、文化特色区、国境前沿区，不少是山区、牧区、高寒区、干旱区，相当多的地方贫困面广、贫困程度深。这些年来，兴边富民行动、扶持人口较少民族、加快牧区发展、特困民族地区扶贫开发等规划和政策从无到有，从小到大，民族地区开始进入跨越式发展、科学发展、和谐发展的轨道。

我来自一个普通的少数民族家庭，能在这样一个重要的时期，为党和国家事业的发展和民族工作做一点力所能及的事，深感荣幸、受益终生。回首往昔，民族的人、事、情始终历历在目、清晰可见。甚至，融化成一坛酒，历久弥香；成长为一棵树，日见郁葱；潜伏为一首心曲，总是在不经意间不期而至，在寂静之时悠然而来，有时在喧嚣和忙碌中锵然而起。现在，我把这坛酒打开、把这棵树画出、把这心曲弹响，细细品尝、品赏、品味。

○满天星斗多灿烂，五十六族是一家○

仰望夜空，星河皎皎。

在国务院从事民族工作这十年，是我学习了解民族知识最多、深入民族地区最频繁、接触各族群众最广泛的十年。在工作中我深深体会到，几千年历史沧桑的千锤百炼中，我国各民族发展了休戚与共、相互依存的亲密关系，形成了伟大的中华民族。可以说，我们广袤辽阔的疆域是各民族在长期历史发展中共同开发开拓而形成的，悠久灿烂、博大精深的中华文化是各民族共同创造培育的，统一的多民族国家是各民族共同缔造的，多元一体的中华民族已经成为56个民族普遍认同的统称和归属。面对这样的基本国情，我们有太多的感动铭刻心底，有太多的震撼留在心间，有太多的赞叹发自心田。

我们为中华民族的悠久历史、灿烂文化而深深惊叹。中华大地数千年波澜壮阔的历史，中华民族数千年自强不息的奋斗，给当代中国人留下的最宝贵的遗产有三项：一是960多万平方公里的广袤国土；二是 56 个勤劳勇敢智慧的民族铸就多元一体、共生互补的中华民族大家庭；三是精彩纷呈的多样性文化，源远流长、博大精深。一部中国史，就是一部中国各民族诞育、发展、交融的历史，一部共同缔造和捍卫统一多民族国家的历史，一部共同推动祖国历史文化发展和社会进步的历史。

各民族共同开拓了祖国的疆域。汉族的祖先最先开发了黄河流域和中原地区，彝、白等民族最先开发了西南地区，满、锡伯、鄂温克、鄂伦春等民族的祖先最先开发了东北地区，藏、羌族最先开发了青藏高原，匈奴、突厥、蒙古等民族先后开发了蒙古高原，黎族最先开发了海南岛，台湾少数民族的先民最先开发了台湾岛……中华大地不少地区，最先开发者，都是已经消失了的和现时存在并

发展的许多民族。汉朝在今新疆地区设置西域都护府，管辖包括新疆在内的广大地区，并增设 17 郡统辖四周各民族。元朝在台湾地区设立行政机构，将西藏置于中央政府的实际管理之下，疆域大大超过中国封建社会盛极一时的唐朝。当代中国的版图，则是清朝时期奠定的。纵观历史，无论是汉族，还是少数民族，都以自己建立的中央政权为中华正统，都把实现多民族国家的统一作为最高政治目标。

各民族共同发展了祖国的经济。我们今天离不开的稻和麦，就是百越族和西部少数民族首先栽培的；高粱、玉米、芝麻、苜蓿、大蒜和葡萄、西瓜、黄瓜、胡萝卜等果蔬，经古代西域传入中原……我国古代农业就这样由若干源头萌发汇合而成。由于民族的交流和融合，我国农业生产和农业科技的历史成果中，实际上包括了历史上许多少数民族的贡献在内；而少数民族农业的许多历史成果，也同样是各民族共同创造的。各民族之间还形成了一种天然分工、相互依存的密切经济联系，连绵不绝的"茶马互市"、"马绢交易"等就是著名的例子，而经济上的交流，又最终促成了文化上的交融、政治上的认同。

各民族共同创造了祖国的灿烂文化。汉族有许多优秀的文化为少数民族所欣赏、所接受、所吸纳。汉族占据中原地区，有发达的经济、成熟的政治制度和先进的文化，活动范围和影响不断扩大。著名的北魏孝文帝改革使鲜卑人接受当时先进的汉族文化，改汉姓并为汉族注入了新鲜血液，为结束"五胡乱华"、开创隋唐盛世打下了文化融合基础。阴阳五行、八卦节气等起源于汉族的思维理念传入藏、蒙古等地，成为这些地区发展自己的哲学、历法、医学等的重要基础。同样，少数民族有许多优秀的文化也为汉族所欣赏、所接受、所吸纳。在与各民族交往中，汉族吸收了很多民族的优秀长处，也融入了不少其他民族成份。比如，京剧乐队里最重要的"司鼓操琴"，乐器源自少数民族——单皮鼓即羯鼓，胡琴更是可以由名知义。盘古开辟天地的神话，最初流传于苗族同胞中，汉晋以后传入中原，成了我们共同的传说。漂亮的旗袍源于满族；今天常用的"哥"字借用自鲜卑语；磨面的方法，葡萄酒、蒸馏酒的酿制，以及桌子、椅子的使用，都是少数民族传入中原的。世界闻名的航海家郑和、马欢、哈三都是回回人，元代回回人扎马鲁丁编制的《万年历》曾在全国颁行……

我们为中华民族交融一体、繁荣一体而深深赞叹。在中华大地上，各民族在历经迁徙、贸易、婚嫁，以及碰撞、冲突甚至兵戎相见之后，交往范围不断扩大，融合程度不断加深，从而形成了交错杂居、共生互补的格局。1840年鸦片战争以后，帝国主义的侵略、亡国灭种的危机把中国各民族的命运紧紧地连在了一起。新中国成立之前，少数民族的社会形态复杂而多样。许多少数民族和汉族相同或大体相同，即进入了封建社会；部分少数民族则有的处在封建农奴社会，有的处在奴隶社会，有的甚至还保留有浓厚的原始社会形态。雄鸡一唱天下白，新中国的成立标志着我国各族人民永远结束了民族压迫和民族纷争的痛苦历史，携手迎来了民族平等、团结友爱、互助合作、繁荣发展的新纪元。

我很赞同费孝通先生中华民族"多元一体"的理论，在多元一体的格局下，56个兄弟民族社会文化各有特点，但发展相互关联、相互补充、相互依存，中华民族具有不可分割的共同利益。多元一体，集中表现为各民族的异彩纷呈和中华民族的团结统一，表现为争取各民族的繁荣发展和实现中华民族的富强振兴。古今中外的历史一再启示我们：一离不开多，多离不开一，"一"是主线和方向，"多"是内容和活力，处理好"一"与"多"，五十六个民族才能精诚团结、和睦相处、亲如一家。

我们为中华民族大家庭的强大纽带、团结和睦而深深感叹。拨开历史的层层帷幕，拂去岁月的重重尘埃，可以发现这些把我国各民族维系于一个统一的大家庭中而世代传承的纽带：自成一体的地理单元和由此而形成的特殊的民族分布格局，大一统的政治理念和政治格局，多元一体的中华文化，相互依赖的经济关系，救亡图存的共同命运。五十六个民族是一家，这么简单的一句话，却凝聚了华夏九州五千年的风雨历程，更蕴含着新中国各族同胞团结奋进60多年的波澜壮阔，倾注着各族兄弟姐妹对中华民族大家庭的至情深爱。

2007年1月在云南考察期间，我曾专程前往普洱哈尼族彝族自治县，瞻仰"新中国民族团结第一碑"——普洱县"民族团结誓词碑"。回想当年，新政权刚成立不久，边疆民族地区交织着各种政治力量，跟不跟共产党走？这是盘亘在各族头人和老百姓心中的一个大大的问号。在党的民族平等团结政策强大感召下，普洱地区26个少数民族歃血为盟，决心跟着共产党走。这一走，就走出了一条民族团结、经济繁荣、社会进步的康庄大道。来到普洱县，亲眼看着56年前在石碑上用汉、傣、拉祜等文字刻下的那些名字，重温了当年各族群众立下的铮铮誓词，想象着当时数千名群众在这里歃血为盟的热烈场景，不由得荡气回肠，感慨万千。我们还有幸见到了当年亲身参与民族团结盟誓并在碑上留名的3位古稀老人，握住他们的手，我满怀敬意地说："半个多世纪前，你们把民族团结的精神刻在了碑上；今天，我们各族人民群众都要把民族团结刻在心上！"

创业维艰。新中国成立之初，新型民族关系刚起步时，一些少数民族群众对党的民族政策缺乏了解，一些地区由于历史原因造成的民族隔阂还比较深。为此，中央当时采取"派下去、请上来"的办法，加强同少数民族群众的联系，着力疏通民族关系。中央访问团临行前，周总理说了四句意味深长的话：准备受冷淡，决心赔不是，一切听人家，万一和兄弟民族发生矛盾和误解先作自我检讨。非天下之至诚，其孰能与于此！正是胸中怀着这种精神、用行动践行这种精神、用生命坚守这种精神，才使我国民族关系发生了判若云泥的历史巨变。仅中央派下去的 4 个访问团，累计行程就达 8 万多公里，仅毛泽东等党和国家领导人亲自接见的少数民族代表团，就达 268 个之多。特别是毛主席与库尔班大叔交往的故事，周总理身着民族服装参加西双版纳傣族泼水节的情景，永远铭刻在各族人民的记忆深处。有了这一上一下，一来一往，庙堂不再高，边地不再远。平等互助的春风驱散了乌云，团结友爱的阳光消融了冰雪，中国的民族关系迎来了平等、团结、互助、和谐的新时代。

回顾这十年，我们在促进民族团结方面做了不少有益探索，民族团结进步创建活动有了很大成效。在不断夯实民族团结基础的同时，也要清醒地看到，新时期我国民族工作的大环境发生了重要变化，民族关系和民族问题面临着更加复杂多变的局面。我至今无法忘记 2009 年 7 月，在赶往西宁参加全国扶持人口较少民族发展工作经验交流会的路上，接到了新疆乌鲁木齐市发生打砸抢烧严重暴力犯罪事件的消息！联想到一年前发生的拉萨"3·14"事件，内心无比沉痛，一夜无眠。第二天在会上，我痛心疾首地对与会同志说："团结稳定是福，分裂动乱是祸；繁荣发展是喜，停滞衰退是悲；和谐安康是美好，暴力恐怖是罪恶。"这是我的肺腑之言和真切体会！

有一句维吾尔族谚语说得好："不是一阵歪风就能吹倒天山，不是一场冰雹就能毁掉草原！"与各民族交往、交流、交融的大趋势相比，"3·14"事件和"7·5"事件干扰不了我国民族团结的主旋律，改变不了我国民族关系的大潮流。我们不应该因为某个地方出现严重的暴力犯罪事件而不加区分地将这个地方与之捆绑，不可以因为一个民族中极少数人闹事而不加区分地给这个民族贴上标签，更不要因为民事纠纷和刑事案件涉及少数民族人员而不加区分地同民族问题加以挂钩，决不能因为发生在民族地区的极端问题而对我们实践已经证明并长期行之有效的民族政策产生动摇。

风物长宜放眼量。千百年来，我们中华民族虽然有过短暂的割据局面和局部的分裂纷争，但团结统一从来都是历史的主流和方向；新中国成立以来的60多年，更创造了我国民族关系史上最好的时期。在中华大地上，传唱着一个又一个各民族兄弟姐妹手拉手、心连心的动人故事，涌现出一批又一批维护民族团结的模范集体和先进个人。从困难时期收养了来自上海等地3000多名孤儿的内蒙古草原人民，到36年里为宁夏南部山区200多万回族同胞打了873口井的兰州军区某部给水团；从帮助失去双腿的壮族女子装上义肢并重新站起来的武警边防战士覃新宇，到收养了汉、回、维吾尔、哈萨克4个民族的10个孤儿，建立了有着6个民族180多人大家庭的阿尼帕老妈妈……一个个鲜活的身影、一幕幕感人的故事、一座座团结大爱的丰碑，使人深感震撼，深受感动。这些发生在平凡人身上的伟大事迹，向我们生动展示了"三个离不开"思想的深刻内涵，让人们清楚地看到民族团结不仅是党的一项重要政策，更是深深地植根于各族群众日常生活的朴素情感、自觉行动、坚定信念。

上天之载，无声无臭。民族团结犹如空气和阳光一样宝贵，得之而不觉，失之则难存，任何时候都不能小视。促进民族团结，根本的是以诚对人、以德待人，以情交心、以心换心。至诚如神，心坚石穿。60多年来，我们党对民族工作始终高看一眼、厚爱一分，对少数民族始终讲感情、动真情，满腔热情地对待，设身处地地理解，诚心诚意地帮助，才有了"近者悦、远者来"的局面。这是搞好民族团结最朴素、最浅显的道理，也是最管用、最高明的智慧。小德川流，大德敦化。就是因为有感情、动真格，春风化雨、润物无声，才有"翻身农奴把歌唱"、"阿佤人民唱新歌"、"红太阳照边疆"这一首首发自肺腑、传唱不衰的歌曲。这些饱含各族群众浓浓情谊的歌曲，至今听来仍让人感动不已。

现在，我们正处在一个民族地区大发展的时代，一个各民族大交流的时代，从世界范围看，也是一个民族问题大凸显的时代。放眼五千多年中华民族形成发展的历史长河，我们可以看到一条清晰的脉络：各民族的大交往大交融，必然带来中华民族的大发展大繁荣。只要我们坚持中国道路，发扬中国精神，凝聚中国力量，我们56个民族的大家庭就能成为向心力更强、包容性更大的命运共同体。

○小民族有大政策，阳光照进深山里○

小少民族，正式名称叫"人口较少民族"，最初划定时是指人口在 10 万人以下，当时一共有 22 个民族，共 63 万人。俄罗斯族分布在新疆、内蒙古、黑龙江；鄂温克族、鄂伦春族分布在内蒙古、黑龙江；赫哲族分布在黑龙江；高山族主要分布在福建；毛南族分布在广西、贵州；京族分布在广西；布朗族、阿昌族、普米族、怒族、德昂族、独龙族、基诺族等 7 个民族主要分布在云南；门巴族和珞巴族分布在西藏；撒拉族分布在青海、甘肃；保安族和裕固族主要分布在甘肃；塔吉克族、塔塔尔族、乌孜别克族分布在新疆。22 个民族的人口总数，还不如很多内地一个县的人口多。相当一部分人口较少民族，在解放前还处于原始公社末期、奴隶制或封建领主制阶段，在党和国家的帮助下，直接过渡，一步跨入了社会主义。但由于历史、自然方面的原因，这些民族生产力发展水平落后、文化发展水平落后、群众生活水平落后即"三个落后"的状况，还没有得到根本的改变，一些民族呈整体贫困状态。

小少民族的发展问题，牵动着许多人的心，也受到中央的高度重视。我刚到国务院工作不久，去了一趟云南基诺山乡和布朗山乡。基诺族和布朗族分别居住在这两座山上。从县城到山上，全是陡峭的土路、山路，几十公里竟然走了七八个小时。看到老乡家的房子四面漏风，房子里用三块石头架起锅灶，冬天了脚上趿拉着凉鞋，生活十分困难，心里非常不是滋味。解决几千人的问题，就是解决一个民族的问题，这既是一个经济问题，又是一个政治问题

作者和 22 个人口较少民族代表合影

啊！回来后，我和国家民委的负责同志商量，我们一致感到，全面建设小康社会，56 个民族一个都不能少；实现各民族共同繁荣，必须采取强有力举措扶持人口较少民族发展。

2005 年 5 月，国务院审议通过《扶持人口较少民族发展规划（2005—2010 年）》，三个月后国务院召开了全国扶持人口较少民族发展工作会议，决定实行"小民族大政策"，采取"小民族大扶持"，促进"小民族大发展"。一个 13 亿人的泱泱大国，专门为 63 万人制定规划、召开会议、出台政策，在我国民族工作史上还是第一次。2011 年，国家又制定扶持人口较少民族发展的"十二五"规划，增加了人口 10 万至 30 万的 6 个民族，即景颇族、达斡尔族、柯尔克孜族、锡伯族、仫佬族和土族，总人口扩展到 169.5 万，还提高了扶持标准。记得 2005 年 8 月 29 日，全国扶持人口较少民族发展工作会议结束后，我和 22 个人口较少民族的代表合了一张影。代表们身着节日时才会穿上的民族盛装，脸上洋溢着幸福的笑容和憧憬。至今，这张照片一直珍存在我的办公室里。

扶持人口较少民族发展规划实施 8 年来，共投资百亿元，平均每个村 300—500 万元，主要投向基础设施建设和群众增收项目，使小少民族生产生活条件有了做梦都没想到的变化。8 年来，一项项民生工程涌向村村寨寨，路通了、电来了，一条条致富门路引入乡间田野，种烤烟、搞旅游、办养殖场、建特色农业产业园，生活变了，群众富了……我记得，在青海召开的现场会上得知有 10 万

113

人的撒拉族依靠"拉面经济"、"建筑铁军"有了"五子登科"，"挣了票子、练了胆子、换了脑子、闯了路子、育了孩子"，很是让人欣慰……一些昔日封闭落后的村寨，面貌焕然一新，变成了蒸蒸日上的希望之乡，各族群众正在大步迈向小康。

这项工作在国内外都引起了很大的反响。赫哲族在解放前只剩下 300 来人，濒临灭绝，现在发展变化极大，已经发展到了 4600 多人，跟解放前比可以说是翻天覆地。前两年，我到黑龙江省同江市赫哲族地区调研时，当地的同志讲，同江对面是俄罗斯，那边叫那奈人，有好几万，看到中国政府对赫哲族这么重视，十分羡慕。但同时，也听到一些不同声音，说这么做是不是小题大做？这引起了我们的思考。

小民族、大政策，传送的是一个大党的大情怀，树立的是一个大国的大形象，展示的是当代中华民族团结进步的大风采。我深深感到，扶持小少民族发展，是我们党处理民族问题的一个创举。平等是社会主义民族关系的基础，平等不仅包括政治、法律上的平等，也包括经济、文化各个方面的平等。28 个民族人口只占全国总人口的千分之一，但是这 28 个民族却占到我国 56 个民族的 50%。解决了 170 万人口的小少民族的发展问题，就意味着中国一半民族实现了繁荣发展。小少民族人口虽少，但扶持他们发展，关系着我们党的根本宗旨，关系中国特色社会主义本质，关系党和国家的形象，关系中华民族大家庭的和谐。这样的工作值得我们多做，这充分体现了我们党的博大胸怀。夺取政权中，我们要讲博大胸怀；执政了以后，我们也要讲博大胸怀。我们要始终坚持用博大胸怀观察和处理民族问题。

针对特困民族地区的区域发展和扶贫攻坚工作，又何尝不是如此！这还得从武陵山区说起。幼时读书，陶渊明的《桃花源记》中，那"阡陌交通、屋舍俨然"，"黄发垂髫怡然自乐"的图景，让人十分向往。可是，真的到了被文人墨客誉为"桃花源"的武陵山区，在领略桃源美景的同时，还是深深被"桃花源"的封闭、贫穷、落后刺痛。武陵山区是以武陵山脉为中心的湘鄂渝黔四省相邻地区，这里是著名的"土家苗瑶民族走廊"，有包括土家族、苗族、侗族、白族、回族和仡佬族等9个世居少数民族在内的30多个少数民族繁衍生息，还是我国重要的资源富集区和生态功能区，却也是跨省交界面大、贫困人口分布广的连片特困地区。区内人均GDP仅为全国平均水平的1/3，71个县（市、区）有42个国家扶贫开发工作重点县。尽管武陵人一直怀有"桃花源梦"，"桃花源"里饱暖安逸、无忧无虑的美好愿景却是那样的遥不可及。

像这样"桃花源"式的贫困地区全国还有不少，我们称之为特困民族地区。经过多年的开发式扶持，自然条件相对好一点的地方先后摘掉了贫困帽子，剩下的基本都是自然条件极为恶劣的特殊贫困地区。特困民族地区贫困面大、贫困程度深、贫困发生率高，自然条件恶劣，自我发展能力差，一方水土养不活一方人。这些地区多在省际结合部和山区,是经济和交通的"神经末梢",对外联系通道少,成为"被人遗忘的角落",经济发展困难重重。这些地方又多处在大江大河的源头和上游,是我国重要的生态"调节器"和"稳压器",生态地位特别重要,同时又特别脆弱。

全面建成小康社会,必须拿下特困民族地区扶贫开发这块"硬骨头"。2011年,国务院发布了《中国农村扶贫开发纲要(2011—2020年)》,把14个集中连片特困地区作为扶贫重点,包括武陵山区、六盘山区、秦巴山区、乌蒙山区、滇桂黔石漠化区、滇西边境山区、大兴安岭南麓山区、燕山-太行山区、吕梁山区、大别山区、罗霄山区,以及明确实施特殊政策的西藏、四川藏区、新疆南疆三地州。这14个片区覆盖了全国70%以上的贫困人口,其中有11个是民族地区。

新一轮扶贫攻坚战的序幕,就在"桃花源"拉开。2011年10月,国务院正式批复《武陵山片区区域发展与扶贫攻坚规划(2011—2020年)》,11月15日,武陵山片区区域发展与扶贫攻坚试点率先启动。这标志着以连片特困地区作为主战场的国家新一轮扶贫开发战役全面打响。此后,国务院相继批复了其他片区的发展规划。为了落实中央的部署,我们马不停蹄奔赴湖南、甘肃、云南、贵州等地,召开集中连片特殊贫困地区区域发展与扶贫攻坚启动会,给当地的干部群众鼓劲打气,为每个片区指定一个国家部委当"片长",负责牵头协调各方面资源和力量。武陵山片区的区域发展和扶贫攻坚，初步形成了政府主导、社会参与、群众呼应的区域协作模式，相继建成一大批交通、水利、通讯等重大项目并发挥作用，各族群众生产生活条件正在大幅改善，成为新一轮扶贫事业发展的缩影和印证。

特困民族地区是全面建成小康社会的最难点、最短板。推进特困民族地区扶贫开发，需要全党全社会的共同努力，重点做好资金、生态、"大山"这三篇大文章。为此，我们切实加大财政转移支付力度，设立产业化发展基金，强化交通等基础设施建设，健全生态补偿机制，科学合理开发资源、保护生态。"山门"一旦打开，劣势就可以变优势，山区丰富的资源就可以与市场进行便利对接。位于省际结合部和大山区的特困民族地区，生态资源、自然资源、民族文化资源非常丰富，在我国消费结构加快转型的时期，这些资源就显得特别珍贵，市场价值日益凸显。只要搞好市场定位，突出地域特征、民族特点、山区特色，特困民族地区一定会走出一条生产发展、生活富裕、生态良好的新路子，各族群众也一定可以过上桃花源那样的好日子。

○梦中草原迎新绿，边关万里都是情○

2010年初，农历虎年春节前夕，内蒙古中东部草原接连遭受30年未遇的暴雪寒潮袭击。我们带着党中央、国务院的关怀，赶往受灾最严重的锡林郭勒盟，实地察看灾情，慰问受灾牧民，鼓励大家生产自救。临走了，我拉着一位蒙古族老支书的手，问他还希望党中央、国务院做些什么。老支书很动情，紧紧握住我的手说："我们这里啊，草原退化得厉害，现在放牧的少了，我们很矛盾。多养牛羊吧，就破坏草场；保护草场吧，我们的生活又下降。国家有支持农业农村农民的'三农'政策，可是支持我们牧业牧区牧民的'三牧'政策少啊！"

老支书这番话，引起了我的深思。草原文明具有特殊的意义，它与黄河、长江地区的农耕文明一样，都是中华文明的重要源头和组成部分。一百多年以来，这些美丽的草原多次经受不当开发，加上过度放牧，造成草原频频"告急"，人进沙也进。昔日的"风吹草低见牛羊"，在一些地方已变成风吹沙扬起尘暴。如果长此以往，北方草原将变成不毛之地，长城之南将永无宁日。

回京后，我立即让国家民委、农业部等有关部门联合对牧区进行调研。调研的结果的确令人心焦，牧区生态在持续恶化，约有90%的草原退化、50%的草原沙化，每年消失的天然草原面积高达65—70万公顷，牧业生产能力低下，牧民民生改善困难。而我们的牧区政策远远不能适应形势的需要。以农牧民补贴来说，涉牧补贴只有两项，农民和牧民人均获得补贴的金额比为12∶1。2010年10月，国务院专门召开常务会议，决定建立草原生态保护奖励补助机制。2011年6月，国务院发布了《关于促进牧区又好又快发展的若干意见》。同年8月，全国牧区工作会议在内蒙古呼伦贝尔召开，这是新中国历史上的第二次，距上一次召开已经过去了 24 年。会议强调要集中力量抓好草原保护和建设、发展现代草原畜牧业、促进牧民增收、改善牧民生活，推动牧区实现美丽和富裕双赢。

从 2011 年开始至今，短短两三年时间里，草原生态保护奖励补助机制已经全面建立，政策覆盖范围从内蒙古等 8 个主要草原牧区省份扩大到黑龙江等 5 个非主要牧区省和新疆建设兵团、黑龙江农垦，涉及草原面积 48 亿亩，占全国草原面积的 80% 以上，还对 1.2 亿亩人工草场实施了牧草良种补贴，对 284 万户牧民给予了牧民生产资料补贴。这是建国以来在草原牧区实施的投入规模最大、覆盖面最广、牧民受益最多的一项政策。这项政策实施以来，草原生态加快恢复，畜牧业生产方式加快转型，牧民收入加快增长，草原奖补等政策性收入占农牧民增加收入的一半，占牧民人均纯收入的 12% 左右。

目前，我国牧区总面积约 360 万平方公里，人口 4000 多万，是重要的战略资源接续区。六大牧区主要分布在少数民族地区，畜牧业是十几个少数民族的传统产业。同时，牧区又与 12 个国家接壤，牧区不稳，边疆难安。牧区生态地位突出，藏青川甘牧区共同构成的青藏高原生态系统被誉为"中华水塔"和"江河源区"，内蒙古、新疆牧区是我国东北和西北的两大生态屏障。在建设生态文明的今天，我们希望黄沙肆虐的记忆一去不返，萦绕梦中的草原渐行渐近，广袤牧区的历史再铸辉煌。

当我们把目光从茫茫草原扩展到万里边疆，就会发现这里也是我国少数民族聚居的家园。很多时候，站在办公室的中国地图前，凝望着绵延数万公里的国界线，跌宕起伏、山河纵横、大开大阖，常常勾起我无限的遐思……

有国就有边。我的家乡吉林与俄罗斯、朝鲜接壤，但小时候并没有边疆的概念，更没把边疆和民族地区联系起来。后来才知道，我国的边疆地区基本上是民族地区，2.2万公里陆地边界线中有1.9万公里在民族自治地方，136个边境县中绝大多数是民族自治地方，而边境地区2200万人口中有近一半是少数民族。55个少数民族中，除了我们回族散居全国，土族、土家族、畲族、裕固族等十几个民族聚居在内陆之外，其他40来个少数民族基本上生活在边疆的某一个或几个聚居区。朝鲜、蒙古、赫哲等民族主要分布在东北地区，维吾尔、哈萨克、柯尔克孜等主要在西北地区，藏、彝、白、壮等主要在西南地区。此外，还有30来个民族与历史上国外同一民族相邻而居。

提到边疆地区，人们大多会有"边远"和"贫困"的印象。的确，历史上的封建帝王大多只关心边防巩固、军力强大，而很少关心边疆经济发展和边民生活改善，正所谓"春风不度玉门关"。新中国成立后，边疆地区曾有过两次大规模的基础设施和工业建设，分别是"一五"时期、"三线建设"时期，这为边疆民族地区的工业化和现代化奠定了坚实基础。但由于历史、地理、自然等方面的原因，边疆民族地区发展基础弱、起点低、起步晚，与东部地区的差距进一步拉大。特别是边境一线长期处于战争第一线、国防第一线，国家投入少，历史欠账多，边民既守边又守穷的现象十分突出。在云南，景颇、拉祜、布朗、佤、怒、傈僳、独龙、德昂等原"直过区"民族，更是呈现整体贫困。我们看到不少佤族群众居住的是"六面透风"的茅草房、竹芭房，爬上年久失修的吊脚楼，破烂的楼板嘎吱作响。在广西、新疆等地边境乡村，边民贫困的比例也很高，许多人住的是危旧房，喝的是地柜水、涝坝水，穿的是破衣衫、救济服，我看了十分心酸。

我在边境调研时还了解到，一些邻国搞"国门"工程，给边民一系列优惠政策，上学免费，种地有补贴，路修的比我们整齐，房子盖得比我们漂亮。一些小孩到邻国学校上学，回家时唱的是别人的国歌。我们的电波信号传输能力和抗干扰能力也弱，老百姓收听收看的往往是邻国的广播电视，当地称之为"大国声音小，小国声音大"。长此以往，国家凝聚力、向心力堪忧啊。

有边就要守。长期以来，边疆各族人民为捍卫国家主权和领土完整，付出了巨大牺牲，做出了巨大贡献。在一些边境地区，一个村庄就是一座"兵营"，一户人家就是一个"哨所"，一个边民就是一位"哨兵"，边境地区流传着许多感人至深的故事。在抗日战争、解放战争和抗美援朝中，吉林延边州每3人就有1人支前参军，每

5 名战士就有 1 人牺牲，其中朝鲜族烈士占 97%以上，诗人贺敬之为此写下了"山山金达莱，村村烈士碑"的诗句。云南省富宁县的一个边境村，对越自卫反击战结束后，全村 87 个人只剩下了 78 条腿。新疆塔什库尔干塔吉克自治县与 3 个国家接壤，800 多公里长的边界线上有 45 个边境通道，其中 42 个由当地边民把守。上个世纪 80 年代，西藏隆子县玉麦乡，全乡就一家三口藏族人，每天清早升国旗，长年固守国土。在喜马拉雅山峡谷地带与不丹、印度接壤的错那县，生存条件十分恶劣，有人曾问当地一位边民为什么不搬到条件好的地方去，他回答说：我们走了外国人就来了，再想要回这块土地，就得动枪动炮了。正是这些长期在边境一线生产生活的各族边民，多年来一直在默默无闻地守卫着祖国的边疆，守护着全国各族人民的幸福和安宁。

治国必治边。边关的山山水水，边疆的一草一木，世代居住和守卫在祖国边疆的各族同胞们的生产生活，始终牵动着我们的心绪。随着西部大开发战略深入实施，边疆民族地区进入跨越式发展的快车道。2007 年后，中央为边疆省区量身定制了加快发展的一系列优惠政策。在东北，建立了面向东北亚的长吉图开发开放先导区；在内蒙古，发展起了面向蒙古、俄罗斯的中国第一大陆路口岸满洲里等一大批边境口岸；在新疆，成立了面向中亚乃至欧亚大陆的喀什、霍尔果斯两个特殊经济开发区；在西藏，支持发展南亚贸易陆路大通道建设；在云南，提出了建设民族团结进步边疆繁荣稳定示范区的目标，支持筹办中国—南亚博览会，打造面向南亚和东南亚的经济桥头堡；在广西，支持北部湾经济发展区建设，举办中国—东盟博览会……加快发展的源头活水源源不断地流入边疆民族地区。国务院有关部委在西部大开发政策框架下，采取具体措施支持边境一线发展，都取得了一些效果。

其中，国家民委发起的"兴边富民"行动既立足于富民、兴边，又着眼于强国、睦邻，办成了许多我们一直想办而无力去办的事情。2007年，兴边富民行动上升为国家级专项规划。2010年，国务院又审议通过了这一行动的"十二五"规划。"兴边富民"行动实施以来，覆盖范围和资金规模不断扩大，从刚开始的10个试点县到覆盖所有边境县和团场。截至2010年，中央财政累计安排兴边富民补助资金22.1亿元，吸引带动数百亿各类资金投向边境地区，136个边境县主要经济指标实现了飞跃式增长。兴边富民行动有效解决了边境地区人民群众最关心最直接最现实的诸多切身利益问题，边境基层干部形象地说，兴边富民项目虽然规模小、资金少，但灶小火旺，老百姓特别喜欢。

"天下未乱边先乱，天下已治边未治"。历代中央政府都十分重视对边境地区的治理，并采取了一系列特殊政策。在当前的国际国内环境下，边疆民族地区更是有着特殊的战略地位：既是重要的战略资源储备区，又是重要的生态安全和国防安全屏障，既是展示国家实力和国家形象的窗口，也是反映国家兴衰和社会治乱的晴雨表。如果说我们的祖国是屹立在世界东方的一只雄鸡，万里边疆就是镶嵌在祖国大地上的一串七彩宝石。伴随着海陆丝绸之路战略的实施和向西开放的铿锵步伐，这串宝石必将焕发出更加璀璨夺目的绚丽光彩。

○天崩地裂显大爱，众人拾柴火焰高○

2010 年 4 月 14 日 7 时 49 分，青海玉树藏族自治州发生了当地有记录以来最强烈的地震。受党中央、国务院委派，我在地震发生当天到达了受灾最严重的结古镇，组织指挥抗震救灾工作。所到之处山河破碎、残垣断壁、满目疮痍，眼前的场景让我回想起汶川地震发生后所看到的景象。时隔不到两年，又一次目睹各族同胞受难，感同身受、心痛不已。

在国务院工作的这十年里，我们国家遭遇的天灾不断，而民族地区由于自然条件恶劣，更是灾害频发。新疆、内蒙古雪灾，汶川、玉树地震，西南地区旱灾和甘肃舟曲泥石流等大的天灾，几乎都发生在民族地区。复杂的地理条件、脆弱的生态环境和落后的防灾抗灾设施，使得这些地区的抢险救灾和灾后重建工作难度更大。回首这些年的抢险救灾经历，回忆那些舍生忘死的事迹，回放那一幕幕震撼人心的场景，回想那一个个不眠之夜，真是情难自禁。

灾难无情，人间有爱。大灾大难降临时，有山崩地裂、山摇地动，更有顶天立地、感天动地。在千钧一发的生死关头，多少人瞬间作出把生的希望留给他人、把死的威胁留给自己的抉择，多少父母用双臂为孩子撑起生命的天空，多少老师用身躯为学生挡住死神的威胁，多少干部舍小家为大家、奋不顾身地奋战在第一线。在抗震抢险的日日夜夜里，全国人民心系灾区、戮力同心、生死与共。多少人自发从天南海北赶赴灾区做默默奉献的志愿者，多少人自发前往遍布全国的献血点争先恐后无偿献血，多少人自发为灾区慷慨解囊。正是这种磅礴的团结和大爱，才诞生了一个又一个惊天地、泣鬼神的感人故事，才让劫后余生的人们重新感受到人间的温情，才使满目疮痍的大地重新普照希望的阳光。

党中央、国务院坚强领导、科学指挥，始终与灾区各族人民情相系、心相连，是抗震救灾和恢复重建工作取得伟大胜利的有力保障。汶川地震一发生，我们立即组织开展了我国历史上动员范围最广、投入力量最大的抗震救灾工作。玉树地震后，我们在借鉴汶川抗震救灾经验的基础上，克服高寒缺氧、交通不便、供给困难甚至语言不通等特殊困难，迅速展开一场在高原高寒地带进行的规模最大、成效最显著的救援行动。危急关头、风雨之中，数万救援大军火速向灾区挺进，保证了救援工作的及时、高效。在做好应急救援和抢险救灾的同时，我们立即着手安排恢复重建工作。汶川地震3个月后就颁布施行了《汶川地震灾后恢复重建条例》，一部法规因一场灾害而立，开我国立法史和救灾史上的先河。同年9月，我们又制定颁布了《汶川地震灾后恢复重建总体规划》，确定了"一省帮一重灾县（市）"的对口支援举措，将19个省市与灾区紧紧连在一起。这是我国抗灾史上的第一次，也是世界救灾史上的首创。玉树地震的恢复重建很好地借鉴了汶川经验，制定了《玉树地震灾后恢复重建总体规划》，克服重重困难，在实际不到两年有效施工期内，全面完成了恢复重建的主要任务，不仅重建了一个物质家园，也重建了一个精神家园，创造了世界灾后重建史上的又一奇迹，书写了中华民族从灾难到进步、从悲壮到豪迈的恢弘篇章！

各民族守望相助、生死相依的深情厚谊，是抗震救灾和恢复重建工作的强大精神动力。患难见真情，天灾不仅激发了人间真情，更彰显了民族团结的大爱。当灾难突袭这些地方时，灾区各族人民生死相依、共同面对，全国各族人民心手相连、甘苦与共，充分显示了中华民族的强大凝聚力。羌族飞行员邱光华，即将到龄停飞，但主动请缨飞赴汶川救灾一线，为抢险救灾献出了自己宝贵的生命。玉树地震后，人们不分军民、藏汉、僧俗，争分夺秒地团结自救，有效地抓住了72小时黄金救援期。藏族妈妈加央巴措在地震中受伤，她刚出生4天的孩子被救出后，在各族妈妈的接力喂养下安然度过了危险期。香港义工黄福荣参加过汶川地震的救援，玉树地震发生后又去玉树救出了3名孤儿和1名教师，自己却在余震中不幸罹难，成为玉树地震中首个遇难的志愿者。他的遗体返回香港后，我特意委托工作人员献上花圈表达对英雄的哀思和敬意。震后短短的几天里，一批又一批由汉、回、羌、维吾尔等各民族人

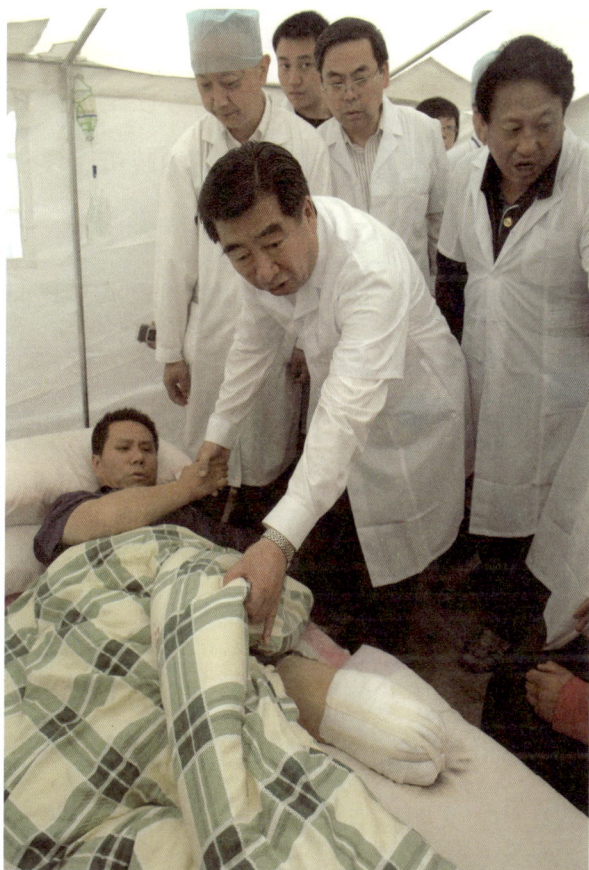

士组成的救援队日夜兼程，赶赴灾区；一笔又一笔带着全国各族人民、港澳台同胞和海外华侨华人爱心的捐款汇集到雪域高原。一时间，大江南北、海内海外，"玉树不倒、青海常青"成为响彻中华儿女心中的最强音。众志成城、万众一心！灾害让世界见证了中华儿女血浓于水、爱重于山、情深似海的骨肉亲情。

民族地区的抢险救灾和恢复重建，一定要尊重少数民族习俗，充分考虑民族地区的特点，注意保护少数民族传统文化。汶川地震后，灾区有很多少数民族群众吃不到清真食品，前方指挥部紧急安排从山东、河北等省调运，第二天就解了燃眉之急，及时安抚了群众的焦虑心理。玉树地震后，我去了结古寺。这是一座藏传佛教大寺，在当地信教群众中有很高的地位。寺庙活佛问我，庙塌了，能不能参照民房标准修复？我认为，在群众普遍信教的地方，最大程度争取信教群众的支持，就要对受灾的各族同胞包括寺庙僧尼一视同仁。民政等部门很快拿出具体办法，这是过去没有的政策。汶川地震受灾区有我国唯一的羌族自治县，也是重要的藏族聚居区，多元文化并存，历史人文资源独特。后来根据国家民委的意见，我们修订了汶川重建规划，加强了对羌藏民族文化遗产的保护，重建了羌族文化生态保护区。与汶川相比，玉树地区民族文化特色更加浓郁，我们着重强调恢复重建工作一定要与体现民族特色和地域风貌特点相结合，此后的灾后恢复重建规划，也将文化遗产保护和宗教设施恢复单独列入。

回首这些年参与抢险救灾的经历，我一直在思考一个问题：为什么历经磨难，我们中华民族总能重新挺立、奋勇前行，中华文明总能绵延不断、永葆生机？几大文明古国中，埃及文明是"尼罗河的赠礼"，自然环境得天独厚；两河文明河流纵横，自然条件优越；古希腊、罗马文明位于地中海沿岸，气候宜人，唯独中华文明自然条件最恶劣、天灾最多。时至今日，我国仍是世界上自然灾害最为严重的国家之一，灾害种类多、分布地域广、发生频次高、造成损失重。这培育了中华文明强烈的"忧患"品格，也造就了中华民族以互助伦理为核心的生死与共、守望相助的优良传统。"殷忧启明，多难兴邦"。正是由于这种精神品格和传统，中华民族才历经磨难而不亡，并且愈挫愈奋、愈挫愈勇。在抗震救灾中表现出来的万众一心、众志成城，不畏艰险、百折不挠，一方有难、八方支援，自强不息、感恩奋进，以人为本、尊重科学的精神，正是这种精神品格和传统的继承和发展，是以爱国主义为核心的民族精神的丰富和弘扬。

我们的努力，群众都看在眼里、记在心里。记得有一年，我去浙江普陀山考察民族宗教工作，寺里的方丈在佛堂对我说："你们就是现世的活菩萨。"看我很纳闷，他接着说："您看，全国哪儿遭了大灾、有了大难，你们就出现在哪儿，组织抢险救灾，这不是活菩萨是什么？"我明白了——老百姓最有情谊、最懂感恩！其实，我们不过是机缘巧合从事这项工作而已，但我们党员干部为群众做的每一件好事、实事、善事，群众都牢记在心，群众是在通过我们向党和政府表达感恩之情啊！这让我备受激励，也使我更加深切地感受到：社会主义祖国大家庭最温馨，人民群众最可敬，人民子弟兵最可爱，中国共产党人最贴心。如果说真有大救星、活菩萨，那就是我们党、我们的民族、我们的人民。

众志成城，不仅体现在危难时刻，表现为一种天地大爱，也体现在日常工作，表现为一种体制机制。我们常说民族工作是"三个方方面面"，即方方面面都涉及，方方面面都要做，方方面面都要整合起来，就是要形成凝聚各种资源和力量、共同做好民族工作的体制机制。这在新型工业化、信息化、城镇化、农业现代化深入发展的背景下，显得尤为紧迫。

　　我在江苏、安徽等省工作时，知道这两省各有近 40 万少数民族常住人口，属于民族散杂居地区。离开几年之后，再与地方同志一交流，发现这几年东部地区少数民族增加得非常快，很多省市以每年 20% 的速度递增，甚至超过了本地常住少数民族数量。这向我们发出了一个明确的信号：在新"四化"深入发展的过程中，各民族群众跨区域流动显著增多，我国的民族工作出现了许多新情况、新变化。

　　其中，有两种新变化最为突出，形象地说，一个是"进城"了，一个是"下海"了。城镇化成为不可逆转的趋势。目前有 2000 万少数民族流动人口来到东部沿海、大中城市，同时到民族地区工作、学习、经商的汉族群众更多。在这一浪潮中，汉族和少数民族群众之间的"双向流动"，在历史上是规模空前的。近些年涉及民族因素的摩擦、纠纷甚至冲突也日益增多，而且大多发生在城市，城市民族工作的任务越来越重。这就是民族工作"进城"了。另一方面，市场竞争条件下，各族群众的公平意识、民主意识、权利意识、法制意识越来越强。如何处理效率与公平的关系，如何处理好各方面的利益关系，对民族团结影响深远。民族工作越来越与市场经济紧紧地连在一起，这就是民族工作"下海"了。无论是"进城"还是"下海"，都是一把双刃剑，既促进了民族地区的发展和各族群众的互动合作，这是历史的进步，也加大了各族群众之间的交流碰撞甚至纠纷冲突，这是我国现代化进程必须过的一道坎。

在这样的大背景下，必须树立"善假于物"的思想，采取措施，进一步整合社会各方面力量形成民族工作合力，让民族工作更好地"社会化"。我到国务院工作后，积极推动恢复国家民委委员制度。之所以说恢复，是因为上个世纪五六十年代和七十年代末八十年代初实行过委员制。不过，当时是强调民族代表性，这次是强调职能代表性。新的民委委员制，以国家民委为牵头单位，以与民族工作有关的职能部门为民委兼职委员单位，以兼职委员单位的负责人为民委兼职委员，定期或不定期召开民委委员会议，共同推进新形势下民族工作。国家民委委员制恢复以来，委员单位数量不断增加，到2013年已经发展至32家，包括了发展改革委、财政部等众多部委在内。这不仅是一种做好民族工作的有效方式，更是发挥各部门作用、形成民族工作合力的重要机制。

现在，全国大部分省份都实行了民委委员制，许多地方还成立了民族工作领导小组，把各相关职能部门的力量和资源都整合起来。各地在探索民族工作社会化和做好城市民族工作的实践中，形成了不少好经验。湖北省针对10个民族县（市）的特殊困难，全面实施"616"对口支援工程，即由1名省委、省政府领导牵头，带领省直6个部门（单位）对口支援1个民族县（市），每年为民族县（市）至少办成6件实事。如今，"616工程"变成了"N1N"工程，在推进民族工作社会化方面开辟了一片新天地。2010年8

月，我们举办了全国推广湖北省对口支援民族地区发展经验交流会，把这一经验推向全国。同年 12 月，我们在浙江省宁波市召开全国城市民族工作座谈会，强调把做好少数民族流动人口的服务管理作为城市民族工作的重要任务，建立少数民族流动人口流入地和流出地的合作机制，引导各族群众在城镇化的进程中实现和睦相处、共同进步、交流交融。

○ 多彩中华正绚丽，世界民族亦多元 ○

人民大会堂的表演大厅里，一群藏族姑娘小伙儿手持六弦琴边舞边唱。他们的脸黝黑，手粗糙，音乐简单，舞步粗犷，但表演真挚投入、朴实自然，极具穿透力，引来台下观众潮水般经久不息的掌声，我的心弦也被深深打动。这是西藏团参加 2006 年 9 月第三届全国少数民族文艺会演的《飞弦踏春》，是藏族传统的艺术形式"堆谐"，表演者全都是来自喜马拉雅山下的藏族农民。

以往，可能跟许多人一样，提到少数民族文化，我就会想到少数民族能歌善舞，印象比较宏观。通过这么多年从事民族工作，与各族群众直接打交道多了，我深深体会到我国少数民族文化的底蕴是多么丰厚，多么博大精深：语言文字丰富多样，文化艺术多姿多彩，风俗习惯各具特色，民族节日种类繁多。藏族的《格萨尔》是世界上规模最宏大的英雄史诗，它与蒙古族的《江格尔》和柯尔克孜族的《玛纳斯》并称中国少数民族"三大英雄史诗"，填补了中国文学史乃至中华文明史的空白。侗族大歌被联合国教科文组织列入人类非物质文化遗产名录，打破了"中国民歌没有多声部"的成说。家喻户晓的歌曲《爱我中华》，原是第四届少数民族传统体育运动会的会歌，由苗族歌手宋祖英演唱后，迅速传遍全国……

但是，民族地区依然存在着"富饶的贫困"现象，文化资源富集，但文化事业和文化产业发展滞后，面临突出困难和特殊问题：公共文化服务体系比较薄弱，文化产品和服务供给能力不强，文化遗产损毁、流失、失传现象突出……对此，必须高度重视。2005年，国务院制定了落实民族区域自治法的行政法规，明确规定国家定期举办少数民族传统体育运动会、少数民族文艺会演。2009年6月，国务院召开了全国少数民族文化工作会议，出台了《关于进一步繁荣发展少数民族文化事业的若干意见》。会议后，从中央到地方，都加大了对少数民族文化事业的支持力度，云南、广西等省区还设立了专门的民族文化发展基金。

在各族人民的共同努力下，少数民族文化事业取得了长足发展。通过少数民族文艺会演、全国少数民族传统体育运动会、中国艺术节、国家舞台艺术精品工程、"文华奖"、"骏马奖"等一些全国性平台，我们弘扬和传承了少数民族优秀传统文化，推出了一批又一批走向全国蜚声国际的精品力作。通过实施广播电视村村通工程、西新工程等文化惠民工程，民族地区广播、电视覆盖率分别超过85%和90%。与此同时，少数民族文化保护工作紧密开展，维吾尔族的《十二木卡姆》和蒙古族"长调民歌"被列为联合国口头和非物质文化遗产代表作名录。在国务院公布的两批国家级非物质文化遗产名录中，少数民族项目367项，占总数的1/3，55个少数民族都有项目列入。30余万种散落在民间的少数民族古籍被整理出版，民族文化瑰宝重新焕发光彩。西藏布达拉宫、云南丽江古城、云南"三江并流"景观等文化和自然遗产被列入世界遗产名录。少数民族文化产业也得到迅速发展，打造了广西的《印象·刘三姐》、云南的《印象·丽江》、贵州的《多彩贵州风》等一批有实力的民族文化品牌，有效带动了旅游业、演艺业、娱乐业及文博会展业等相关产业的壮大。民族文化产业成为民族地区乃至全国的一大亮点，在一些地区已逐步发展成为支柱产业，探索了一条市场经济条件下繁荣发展少数民族文化的新路。

更为可贵的是，我们的少数民族文化正在唱响全国、蜚声国际。原汁原味原生态，正日益成为少数民族文艺的名片，少数民族文艺也借此成为一道亮丽的风景线登堂入室，被越来越多的人所了解和喜爱。2006年全国青歌赛特意增设了原生态组别，彝族姐弟李怀秀、李怀福，一举夺得该组别金奖，"原生态热"在全国持续升温。"星光大道"、"非常六加一"等知名电视节目中，很多演唱着民族歌谣的少数民族歌手，给人们留下极为深刻的印象，令人耳目一新。少数民族文化在席卷国内的同时，也开始在世界舞台上大放异彩。李怀秀、李怀福姐弟到美国、欧洲等地巡演，把"原生态"之风吹向世界。从中央到地方已有 100 多个少数民族艺术团体走向世界，成为我国对外文化交流的亮点。

文化是国家和民族之魂，是人民的精神家园。了解一个民族，必须了解这个民族的文化；尊重一个民族，必须尊重这个民族的文化。在中华民族漫长历史长河中，各民族共同创造、共同发展、共同繁荣了灿烂的中华文化。少数民族文化与汉文化相互交流，水乳交融，形成"你中有我，我中有你"的关系，共同推动了多元一体中华文化的形成和发展。战国时期的胡服骑射和北魏时期的孝文帝改革，西汉的昭君出塞和唐朝的文成公主和亲，成为少数民族文化与汉文化相互学习的生动写照，成为少数民族与汉族文化交流的千古佳话。在中华文化形成和发展的历程中，少数民族做出了巨大贡献，促进中华文化形成了统一性和多样性的鲜明特征。秦汉雄风、盛唐气象，作为各民族共同铸就的文化辉煌，对世界产生了深远影响。少数民族文化对于中华文化的强烈认同和向心性，也极大促进了少数民族对统一多民族国家的政治认同。

一定意义上讲，越是民族的，就越是有特色的，越是有影响力的，越是有品牌的，越是有价值的。在全球化时代，文化既是软实力，又是竞争力，更是生产力，日益成为综合国力竞争的重要因素。多姿多彩的少数民族文化是中华文化走向世界的潜力所在、魅力所在，也是提升我国文化软实力和国际竞争力的优势所在。对待少数民族传统文化，要抓住特色，创新发展，但首先是要怀着礼敬的态度，在保护挖掘上下功夫，保护好文化的多样性、丰富性。中华民族的复兴必然伴随着文化的复兴，中华文化的复兴必然包含着少数民族文化的复兴。只有各民族文化的百花齐放、异彩纷呈，中华文明才会薪火相传、历久弥新。

我们的国家，是一个丰富多彩的文化大观园；我们的世界，更是一个多样多元的民族大舞台。大大小小3000多个民族，生活在近200个国家和地区，几乎所有的国家都是多民族国家。民族多元是世界的底色，它在给人类文明增添多样性色彩的同时，也让各国政府和人民共同面临着妥善处理民族事务的重大课题，有人甚至形象地说民族问题是当今世界第一大火山。

在国务院工作的这十年里，我曾出访世界一些国家和地区，所到之处，多姿多彩的民族现象令人印象深刻，错综复杂的民族问题令人感慨万千，激烈血腥的民族冲突令人震惊深思。其中印象最深刻、最震撼、最感慨的是前南斯拉夫之行。南斯拉夫民族宗教错综复杂，历史上的民族仇杀接连不断。二战后，铁托领导的南共提出社会主义民族自治政策，承认境内26个民族一律平等。经过二三十年的努力，历史的恩怨基本化解，各民族和睦相处，创造了巴尔干这个"欧洲火药桶"的奇迹。与此同时，综合国力上也创造了世界的奇迹，从欧洲最贫穷落后的农业国一跃成为中等发达的工业化国家，独领社会主义国家之风骚，成为世界不结盟运动的领袖国。但历史似乎在跟南斯拉夫开一个无情的玩笑。在十年多一点的时间里，民族战争就像多米诺骨牌，一场接一场爆发，南斯拉夫也随之不断"裂变"，最终一分为六，彻底从世界政治版图上消失。一旦民族反目，一切化为乌有。回到相互仇杀的老路之后，经济倒退二三十年，至今，前南地区仍是欧洲最不稳定、经济最困难的地区之一。若非亲历，难以想象。民族仇恨，宜解不宜结啊！

　　类似的悲剧在非洲上演得更频繁些。众所周知，非洲历史悠久，文化灿烂，既是人类起源的发祥地，也是种族交融的大舞台，更是当今世界民族问题最复杂、民族冲突最激烈的地区。据不完全统计，从上世纪 60 年代至今，共发生 200 多次政变，其中有 11 个国家发生过 10 次以上的军事政变，多数都有民族背景。1994 年卢旺达的大屠杀，就是其境内图西和胡图两个民族之间长期矛盾的激烈爆发，在 100 天内就造成 100 多万人死亡，200 多万人逃亡，200 多万人流离失所，而当时卢全国才只有 750 万人，这成为了二战后最惨无人道的暴行。

　　民族问题的变异或者极端表现，就是民族分裂主义。对任何国家来说，民族分裂主义都是国家的大害，人民的公敌。对发展中国家来说，民族分裂主义曾是新老殖民主义的遗毒和"筹码"，现在更成为霸权主义和强权政治的"棋子"和"病毒"。苏东剧变后，西方大国更是瞅准许多国家民族问题多发的时机大打"民族牌"。从所谓的"第三波民族主义浪潮"到"颜色革命"再到"阿拉伯之春"、到利比亚战争，都与霸权主义和强权政治密不可分，区别只是藏在幕后还是跳上前台。

发展中国家的民族问题前涌后现，西方国家也毫不例外。据有关统计，目前欧盟 27 个成员国的移民总数已超过人口总比重的 10%，这还不包括非法移民。随着外来人口成为欧洲当地社会的重要组成部分，欧洲已经成为典型的移民社会，移民问题也成为欧洲最重要的政治和社会问题之一，因为移民问题而产生的爆炸或骚乱事件也接连不断。

前南解体，非洲部族冲突，西方世界的移民骚乱，不断提醒和警示我们，民族问题关系多民族国家的存亡，关系各族人民的祸福，要始终高度重视，充分认识其长期性、复杂性和敏感性，不断增强忧患意识、危机意识和责任意识。百里不同风，千里不同俗。一个国家选择什么样的处理民族问题的道路和模式，是由这个国家的人民自己决定的，没有放之四海而皆准的唯一答案。处理民族问题，要从实际国情出发，坚定不移地走自己的路。我们要坚定对中国民族工作的道路自信、理论自信、制度自信，坚持处理民族问题的基本政策不动摇，推动不同文明相互尊重、包容互鉴，实现中华民族伟大复兴。

我所认知的水乡情韵

WO SUO RENZHI DE SHUIXIANG QINGYUN

水能千古恒常，水为万物所需，水是江苏凸显的文化符号。

水性仁爱，滋润万物，生生不息；水性坚韧，水滴石穿，百折不回；水性柔和，顺势而为，随物赋形；水性豁达，虚怀若谷，包容一切。水的辩证法可以说是无处不在的。

一方水土养育一方人，水边生长的人们自然也在潜移默化中为水所陶冶。江苏人就是这样，骨子里、品性里不时透出一股集水百德、汇水百美而成的精神气质。如水般的灵秀、包容、坚韧、低调，在江苏这片底蕴深厚、文脉绵长的土地上不断显现。

我我所认知的水乡情韵

　　我是一个地道的北方人，有幸在素称水乡的江苏工作过。那段时间虽然算不得长，但确实是我人生中难忘的一段岁月，是我事业中宝贵的一段经历。生活的意义、人生的价值、凝聚的情感，往往不能简单地用时间长短来衡量。江苏物华天宝、人杰地灵，钟灵毓秀、人文荟萃，在这方热土上，我接触了许多豁人耳目、沁人心脾的风物，听到了许多启人心智、陶冶心灵的故事。

　　无论是在江苏工作期间还是离开之后，我都一直在思考，江苏省情的最大特点是什么，江苏文化的鲜明特色是什么，江苏人的显著特质是什么？答案不一而足但似乎都离不开水——长江的万丈豪情、黄河故道的历史悲情、黄海的澎湃激情、运河的千古幽情、太湖的秀美风情、秦淮河的婉约诗情，以及种种与江苏有关的讯息，时如汩汩清泉扑面而来，时如万千江河涌入胸怀，在我心中反复激荡回响。水能千古恒常，水为万物所需，水是江苏凸显的文化符号。我所认知的江苏地域的根、本、魂，江苏风情的意、蕴、脉，江苏人文的精、气、神，早已与这包容万物、滋养生命、情韵流动的水融在一起了。

○造化神奇，依水而生○

江苏多水，江苏的水形态各异，江苏的水有着独特的情韵，这是我对江苏省情特点最突出的一点认知。

在江苏工作期间，我常常讲起历经多地工作后的一个体会，就是对一个地方的域情，本地人或许是"身在此山中"的缘故，未必都有很深刻的感受、很清晰的认知。外面来的人往往会于映照比较之中产生更加鲜明而敏锐的感触，反而能看得更加明了。

在中国，大江大河大湖大海大运河皆备的省份只有江苏。这里辖江临海、扼淮控湖，京杭运河纵贯南北，十万平方公里的土地上，水面接近六分之一，平原面积占 70%，水面和平原的占比

南京长江大桥

在全国各省区中都是最高的。这里水网密布，有大小河流 2900 多条，大小湖泊 290 多个，五大淡水湖，江苏就占了两个，太湖和洪泽湖。

万里长江在江苏境内被赋予了一个颇具诗意的名字——扬子江。没有了金沙江的奔腾激越，没有了川江的险滩急流，也不像荆江九曲回肠，长江至此江面开阔、水静流深，浩浩汤汤与大海相会相融。就像人的一生，青春期总有些叛逆，血气方刚时不免躁动，待到阅历和历练多了，方才变得深沉含蓄、大度平和。

千里淮河虽然水量、长度未必居前，但却与长江、黄河、济水并称古代"四渎"。淮河还与秦岭共同构成我国南北方的分界线，"橘生淮南则为橘，生于淮北则为枳"广为人知。说起淮河，那是一部交织着喜乐与哀愁、辉煌与苦难的历史。淮河流域平畴沃野，物产丰富，素有"走千走万，不如淮河两岸"的美誉。但宋至清七百多年的时间里黄河鸠占鹊巢、夺淮由江苏入黄海，直到 1855 年再次改道经由山东入渤海，把清清如许的淮河折腾成一条横贯苏北大地的废黄河。黄河改道给两岸百姓带来深重灾难，其裹挟的泥沙也重塑了苏北地貌，孕育了广袤的沿海滩涂。新中国成立后大力治淮成效卓著，淮河两岸旧貌换新颜，呈现勃勃生机。江苏治淮的历史，可以说是中华民族在艰难曲折中奋进的一个缩影。

"沧海桑田"的故事，让江苏来述说最为生动。数千年来，大江大河大海的吐纳交接，使这里成为泱泱中华最年轻的土地之一。唐宋之前，今天的南通还是海里的一些沙洲，经过千年"拼盘"，方有了今天的模样。盐城的滩涂资源十分丰富，现在仍以每年3万亩左右的速度继续生长，对人多地少的江苏来说，这真是一片神奇的"息壤"，是大自然赐予的宝贵财富。当年北宋名臣范仲淹在盐城所修筑的海堤如今已成204国道线，而海岸线整整东移了50余公里。大自然的伟力，无疑是最雄奇的。

　　如果说，自然的河流是人类文明的摇篮，那么人工运河则是人类文明的杰作。江苏地势低平、水系发达，为运河的开凿创造了良好的条件。关于世界上最早的人工运河，可谓众说纷纭。有的说是公元前506年吴王阖闾命伍子胥开凿的胥河，有的说是公元前486年吴王夫差筑邗城时开凿的邗沟。近些年有人提出，更早之前的泰伯奔吴后，在今无锡梅里兴修水利开凿的泰伯渎，为史上第一条人工运河。无论是哪种说法，"运河之祖"都在江苏。京杭大运河的起点和终点虽然都不在江苏，但1794公里的运河有将近一半在江苏。大运河的修筑对沟通南北、发展经济、稳固政权起到了重要作用，自大运河开通之后，中国以淮为界、南北分裂的时间大大缩短，特别是元明清三朝，大运河俨然成为关系社稷安危、维护国家统一的生命线。从历史角度客观地看，隋炀帝其实完成了一件大功业，唐朝诗人皮日休曾留下点评隋炀帝的千古名句——"若无水殿龙舟事，共禹论功不较多"。在今年6月的世界遗产大会上，中国的大运河当之无愧地获准列入世界遗产名录。世界遗产委员会认为，大运河是世界上最长、最古老的人工水道，也是工业革命前规模最大、范围最广的土木工程项目，反映出中国人民超常的智慧、决心和勇气，以及东方文明在水利技术和管理能力方面的杰出成就。有人发现，在中国的版图上，北部横亘东西的长城与东部纵贯南北的大运河，仿佛是写在神州大地上一个巨大的"人"字。这样的发现具有丰富的想象，寓意却不乏深刻。万里长城与京杭大运河，是古代中国人民创造的两项最伟大的工程，充分体现了中国"人"的伟力。而江苏段大运河河道最长，文化遗存最多，保存状况最好，利用率最高，至今仍是繁忙的黄金水道，因而江苏也当然地承担起了牵头申遗的任务并不辱使命。

京杭大运河

江河湖海奔流汇聚的地方，自然蔚为壮观，但有时未免单调，时间久了会有"审美疲劳"。江苏的水韵之美则不然，涓涓流水润湿了这里的青山，滋育了这里的良田，激活了这里的园林，扮靓了这里的城乡，显得多彩多姿，令人百看不厌。

江苏的山大多不高，但山因水而秀美，水缘山而朗润。镇江三山夹江耸峙，大江壮其声色，中泠泉水增其雅致；苏州虎丘号称吴中第一名胜，剑池平添三分神韵，憨泉更显一般灵秀；连云港花果山雄峙黄海之滨，俯瞰浩瀚海波；南通狼山卧于海头江尾，是江海平原唯一浅丘，高仅百米却位列佛教八小名山。江苏的山川因有水的润泽而扬名，景色之美、名声之隆让不少高山巨峰亦然失色，吸引文人雅士纷至沓来、登临酬唱、陶醉其间，创出"米点山水"画法的宋代书画家米芾就定居镇江，或许正是这儿的江水激发了他的灵思，浸润了他的笔墨。

江苏的田，则是因水而沃、因水丰饶。"一水护田将绿绕"，王安石闲居金陵时写下的诗句正是江苏万顷水田的美丽注解。太湖流域的圩田，是长江流域农业开发的重要标志。苏中里下河流域的"千岛花菜"堪称人水和谐的典范。所谓千岛，实际上就是一块一块的垛田，田上种油菜，河沟里养鱼虾，各得其所、和谐共生，收获的不仅是鱼虾菜蔬，还有惊艳宜人的美景。

择水而居、逐水而迁，可以说是人类活动的一大特征，也是人类文明发展的重要依托。而城市作为人口集聚的载体，其形成和发展往往与水息息相关。江苏的城市，更是因水而兴、因水灵秀。常州的淹城是世界上唯一一座三城三河形制的古城，距今已有近3000年的历史。运河四大名城，江苏占了三座——苏州、扬州和淮安。苏州古城被誉为"东方威尼斯"，但建城史起码要比威尼斯早上千年，如今"小桥流水人家"的格局依然；扬州是名副其实的运河之城，邗城与邗沟同步建造，扬一益二的绝代风华就是拜大运河所赐，这次大运河申遗扬州也是牵头城市；淮安历史上是黄河、淮河、运河的交汇点，清朝漕运总督驻地，南北人流货物集聚于此，古淮安城焉能不富庶？世人都说，南京虎踞龙蟠，实际上紫金山、幕府山、古城墙的美景，与长江、秦淮河、玄武湖的映衬是分不开的。往日的徐州，总给人一种重工业城市的粗重之感，可现今烟波浩渺的云龙湖确给徐州平添几多灵秀。大城如此，小镇亦然，特别是那些古镇几乎都是依水而建。甪直最有意思，因水流为"甪"形，便改名"甪直"，以水的形状作地名的，估计世界上都不多。江苏地名中带水的比比皆是，有人统计过，南京因水而起的地名就有229个，占其总数的17%。

所谓"胸中有丘壑"，园林无疑是造园者将心中的"桃源"搬到现实中来了，然而能让假山竹木、亭台轩榭活起来的必有一池碧水。江苏园林首屈一指，苏州的拙政园、南京的瞻园、无锡的寄畅园、扬州的个园虽各具特色，但一溪清流、一池风荷都是少不了的。

　　有水就有桥梁，就有津渡，就有码头。扬州二十四桥几度繁华而又几多离愁别恨，苏州宝带桥屡经兴废而不倒，南京桃叶渡、镇江西津渡等都是闻名遐迩。这些地方，往往既是南方漕粮的汇集起运地，也是多元文化的交汇点，士子达官、商贾旅人渡江络绎于此。千百年来，春风又绿、明月照还的美景还在，如今走在青石板上，船桨的拨水声依稀可闻，旅人匆匆的足迹也隐约可见。

　　水的滋育，让江苏成为物产丰饶的鱼米之乡。繁体"蘇"字拆开，即为"鱼米"。江苏与粮食相关联的地名也不少，太仓、常熟、大丰等地名都寄托了人们对五谷丰登、仓廪殷实的愿望。自唐代以来中央王朝供给便仰仗东南，号称"苏湖熟、天下足"。后来江苏稻米种植减少，桑棉增多，丝织业和棉织业获得大发展，清朝便在江苏设了江宁、苏州两个织造府，足见当时纺织业之兴盛。虽然"苏湖熟、天下足"让给了"湖广熟、天下足"，却也赢回了一个"衣被天下"的美誉。今天，江苏经济发展走在全国前列，工业增加值列全国之首，即便如此，农业大省、粮食主产区的地位也始终没有动摇过，农业现代化水平全国领先，水稻单产连续多年居全国主产省之首，粮食总产量一直居全国第四、五位，粮食自给有余，这确实十分了不起。

　　靠山吃山，靠水吃水。江苏的饮食也深深地打上了水的印记，比如长江三鲜、太湖三白，比如阳澄湖大闸蟹、盱眙龙虾，比如南京板鸭、高邮双黄蛋，等等。过去讲，"漕运之地必有美食"，著名的淮扬菜系，就起源于运河古城淮安和扬州。此外，老百姓的日常饮食也离不开水鲜水菜，八卦洲的芦蒿、水芹是不少南京人的最爱，至于莲藕、荸荠、菱角、茭白等"水八仙"更是遍布江淮南北。即便柴米油盐酱醋茶这些生活必需品，在江苏也都做出了自己的特色。江苏淮盐、镇江香醋、"三沟一河"（汤沟酒、双沟酒、高沟酒、洋河酒）、碧螺春茶都是海内闻名的佳品，这些都离不开水的滋育，离开这里的水，便没了这个味道。

○上善若水，为水所润○

在中华文化中，以水喻人的传统久矣。"上善若水。"这应该是对水最高的褒奖，也是对"善"精妙的概括。古往今来，世人也对此作了无数的阐释。《道德经》中指出，"水善利万物而不争，处众人之所恶，故几于道。"大致意思是说，水善于滋润万物却不与万物相争，"水往低处流"，总是处于众人所不愿待的地方，所以它最接近于"道"。水性仁爱，滋润万物，生生不息；水性坚韧，水滴石穿，百折不回；水性柔和，顺势而为，随物赋形；水性豁达，虚怀若谷，包容一切。水的辩证法可以说是无处不在的。

——水既是柔弱的，又是强大的。水至柔，却柔而有骨。"天下莫柔弱于水，而攻坚强者莫之能胜。"水的"柔弱"是有生命力和战斗力的，水的力量是以柔克刚。《淮南子》中说："齿坚于舌而先之敝"。人的舌头之所以能伴随人的一生，大概是因为柔软的缘故，而牙齿的凋落，某种程度或许是因为它刚硬的缘故吧。就像柳条枝，是不容易被风吹断的，但是树干，往往容易被风吹倒。所以，"天下之至柔，驰骋天下之至坚。"因而有水滴石穿之说，只有柔性的东西才有这么强的渗透性；因而有"抽刀断水水更流"之道，以刀斩水，水好像断了，抽刀回来，水又合起来了，水因其团结一心、凝聚力强而大显威力。当水发怒的时候，水也可以覆舟，所谓"洪水猛兽"，横扫摧毁一切，改变地貌地形。有时候，貌似平静的水面下亦有激流涌动，力量十分惊人。所以有诗云："泾溪石险人兢慎，终岁不闻倾覆人。却是平流无石处，时时闻说有沉沦。"

——水既是善于变化的，又是永恒不变的。水能发而为云，结而为雨雪，化而为雾，凝而成晶莹之冰；水舒缓为溪，陡峭为瀑，深而为潭，浩瀚为海。所以水是能够随机应变的，因时而变，因势而变，有时因器而变，随处而安。但水无论呈现气态、液态还是固态，都是由水分子构成，变而不失其性，万变不离其宗。

——水既贞静自守，又滋养万物。水是有包容性和亲和力的，虽然有浑水污水甚至臭水，但污者臭者非水之过。水本身是清澈透明、光明磊落的，水也是自然净化、善于沉淀和流淌的，水又是能够荡涤污浊、清洁他物的，使不洁的归于洁。人们常讲"洗心"，就是喻之用纯洁若水的思想品德来净化受污染的心灵。水容纳万物，接受万物，滋润万物，通达而广济天下，奉献而不图回报。它与土地结合便是土地的一部分，与生命结合便是生命的一部分，从不彰显自己。

——水既能顺势而为、处下不争，又不畏强势、坚韧不屈。水养育万物，居功至伟，但又不与万物相争。水的流动总是顺着地势，哪儿低往哪儿流，哪里洼往哪里聚，体现着低姿态、高境界，甚至愈深邃愈安静。但是，当水真的遇到障碍时，它又激起百倍努力，激发全部潜能，信念执着追求不懈，咬定目标百折不回。它始终不忘归海的使命，总是不断流动寻找自己的方向和路径，以排山倒海之势、雷霆万钧之力冲破一切关隘险阻，义无返顾地前进。

因此，老子称水有"七善"：居善地、心善渊、与善仁、言善信、政善治、事善能、动善时；孔子也赞水有五德：有德、有义、有道、有勇、有法。可以说，水之善、水之德已臻化境，我们每个人都应该以水为榜样，努力地修炼提升自己。

一方水土养育一方人，水边生长的人们自然也在潜移默化中为水所陶冶。江苏人就是这样，骨子里、品性里不时透出一股集水百德、汇水百美而成的精神气质。如水般的灵秀、包容、坚韧、低调，在江苏这片底蕴深厚、文脉绵长的土地上不断显现。

水性灵秀，融会贯通

河流湖泊润泽的大地，透着灵动和秀气。得水之益，江苏百姓相对比较殷实；小康之家多了，百姓就会更加关注子女的教育；崇文之风兴盛，自然就青蓝相继、人才辈出。明朝时，江苏乡村的私塾就已相当普及，明清两朝产生的五万多名进士、二百多名状元中，江苏分别占了十分之一和三分之一。四大名著中，《水浒传》、《西游记》均为江苏人所著，施耐庵是兴化人，吴承恩是淮安人，《红楼梦》作者曹雪芹祖籍是北方的，但他长期生活在南京，《三国演义》的作者罗贯中虽是山西人，但也长期生活在江苏。一定程度上，正是江苏的水滋育了这四部作品，特别是运河城市的繁华为创作这些鸿篇巨制提供了养分和素材。《红楼梦》里讲"女儿是水做的骨肉"，曹雪芹要不是少年时代在江宁织造府生活过，耳濡目染烟雨江南的秀美与灵动，这样的文字估计是难写出来的。再听苏州评弹，抑扬顿挫，委婉回环，正如潺潺流水般颤动；而以"水磨腔"独树一帜的昆曲，其细腻柔婉的韵味，也会让人把它与水联系在一起。

水本是自然的、物质的，一旦被注入文化的元素，便极具内涵情致和感染力。李白曾随滚滚长江水，出川东下，在江苏留下了不少诗歌名篇，"请君试问东流水，别意与之谁短长"，写尽了离愁别绪。南唐宰相冯延巳一句"风乍起，吹皱一池春水"，传神又传情。朱自清先生以一篇《桨声灯影里的秦淮河》，让世人领略了秦淮河的诗情画意。咏水华章荟萃于江苏，应该不是偶然的，这里的水含情韵，方能孕育出千古风流文章。

我所认知的水乡情韵

水流就下，因而能够融汇百川，自成一家。江苏出过很多文化大家巨擘，比如徐悲鸿、华彦钧（瞎子阿炳）、钱钟书，一个是大画家，一个是音乐家，一个是学问家，三人虽然各有专长，但一个共有的特质就是"融"。徐悲鸿在推进国画改革中，融入西画技法，开创出一片艺术的新天地；华彦钧汲取民间音乐和道教音乐精养，成为一代民族音乐家；钱钟书学贯中西、博古通今，通晓多国文字，著作等身，巍然学问一大家。

今时今日，江苏继续传承着崇文重教的传统。在江苏出生的两院院士人数全国最多，江苏高等教育毛入学率、普通高校数量、在校大学生人数等，均居全国前列。以紫砂驰名的宜兴，也是全国著名的"教授之乡"、"大学校长的摇篮"，以至于有"无宜不成校"之说，现代宜兴出了100多位大学校长、25位院士、6000余名教授。我到江苏工作时正值新世纪之初，召开的第一个大会就是全省技术创新大会，当时我们商定把在宁的32位院士全都请到主席台就坐，让领导干部坐在台下。这在全省是第一次，大家耳目一新，为之一振，反响热烈。我们的目的就是要强化尊重知识、尊重人才的鲜明导向，就是要在全社会形成名家辈出、人才辈出的浓厚氛围。2002年，南京大学、东南大学、河海大学等一脉同源的9所高校举行百年校庆，省委、省政府向9校分别捐赠三足大鼎一尊，既以"鼎，国之重器"来表明我们对高校工作的重视和肯定，更蕴含我们的"三鼎之意"：对各所高校鼎力支持的态度、问鼎一流的祝愿、革故鼎新的期望。转眼间十几年过去，大鼎所承载的美好愿景正在一步步变为现实，江苏正加快迈向率先实现教育现代化的目标。

海纳百川，开放包容

水具有包容一切的博大胸怀。放眼中国，承接江河入海的省份以江苏首屈一指，江苏人所具有的开放包容的性格，或许可以从中找到源头所在。

和多数省份一样，江苏历史上也是一个移民省份。前面所提到的泰伯生活于殷商末年，他和仲雍为了让天下于季历及其子昌，千里迢迢从关中平原跑到江苏，成为东吴之祖，开创了吴文化和江南

太湖

文明的先河。孔子称泰伯"至德"，司马迁《史记》将其列为"世家之首"，泰伯以天下为公的社会道德理想之光至今仍光芒闪耀。后来，每逢战乱，不管是东汉末年、西晋末年还是安史之乱和赵宋南迁，江苏特别是苏南都成为北方难民的避难之所和落脚之地。若是承平盛世，则各地精英汇集于此，或游学、或经商、或为官，虽文化各异，方言混杂，但当地居民始终以包容的姿态予以接纳，各地财富在此流通和沉淀，文化随之汇聚和传承，江苏也渐成"富庶之乡"和"人文渊薮"。

中国历史上几次著名的航海活动，包括鉴真东渡和郑和下西洋，都与江苏有关。唐朝鉴真和尚先后六次、历经十二载，在双目失明的情况下仍矢志不渝东渡日本，孜孜不倦地传扬佛教和中华文化。明朝郑和下西洋更是妇孺皆知，先后七次、历时二十年，最远到达非洲东海岸。这两次航海，一次由民间发起，一次由政府组织，但船只在江苏打造，人员由江苏募集，远航从江苏启程。可见，江苏这片土地上一直有着面向大海的基因，风云际会之时便显示出开放开明、包容万千的气象。

众所周知，清代在扬州形成了一个风格独特的画派——扬州八怪。虽然八人中有一半是外省人，但他们不仅能够在这里鬻画为生，而且能够充分地施展才华。历史上，徽商的名气很大，他们千里迢迢从黄山脚下、新安江畔来到江苏沿海、运河沿线，在这里贩销盐米茶纸营生，苏商没有排斥他们，当地百姓也没有排斥他们，反而是苏商徽商各展其长，苏州扬州同为都会，江南江北共现繁华，这种景象在其他地方是不多见的。后来，很多徽商就定居在江苏，成为那个时代的"新江苏人"。

时至改革开放的当代，开放包容的精神气质在江苏人身上继续得到淋漓尽致的展现。江苏以其大胸怀和大视野，接纳了数以千万计的农民工兄弟、大学毕业生以及各类人才在此安居乐业，他们成为当代的"新江苏人"。特别值得一提的是，在改革开放的实践中，江苏借天时地利人和之优势，大力度引进来，大跨步走出去，大手笔打造开发园区，把开放型经济做成了一大特色和亮点。2003年开始，江苏的到账外资和进出口总额已连续11年位居全国首位和第二位，去年分别占了全国的1/4强和近1/7，国家级开发区总数和海关特殊监管区数量也为全国之冠，昆山在全国率先自费兴办开发区的故事更是广为人们称道。开放包容是一种涵养，一种气度，从本质上来说，这是源于对事理的透彻认知。江苏人明白，自己的发展离不开国家总体变革与进步，离不开兄弟地区的支持和帮助。江苏人以感恩的心情铭记这一切，并把努力回报作为发自内心、义不容辞的义务。正因为如此，江苏在内部逐步形成了政通人和、上下同心的良好局面；在外部也逐步形成了较为密切、亲和的地域关系和人际关系。这一切犹如一种气场，它看不见摸不着，但却是一种客观存在的条件和力量。江苏的确具备了这么一种气场。

水滴石穿，坚韧开拓

水是柔和的，但柔中带韧，柔中藏锋，以柔克刚，无坚不摧，用一种温婉的方式展现生命的气度、力度和硬度。由水及人，就是一种锐意进取、开拓创新、百折不挠的精神特质。

历史上，北方移民跋山涉水来到这里，等待他们的不是遍地稻菽，而是遍布的沼泽和湿地，开垦起来实在比拓殖黄土地费力艰辛得多，但北方的混乱断了他们的后路，他们唯有面水一战，苦心孤诣地在太湖流域建起既可蓄水灌溉又可排水防涝的圩田。本来移民都是较有开拓精神的，特别是在安土重迁的古代，千里流徙开阔了他们的眼界，艰难困苦淬炼了他们的意志，生产实践又激发了他们的智慧，薪火相传，也为其后人留下了开拓的因子。

与拓殖农耕的先民一脉相承，后世开风气之先的江苏人也为数不少。明代江阴徐霞客在外游历三十年，足迹遍及今天的十六省，风霜雨雪、险峰绝谷、毒虫猛兽、强盗土匪不知遭遇了多少回，但其探幽之心不渝，游历之志不改，为后人留下了巨大精神财富。到了近代，清末状元张謇以"父教育、母实业"为己任，在江苏很多地方都留下了足迹和业绩，比如以水利为专长的河海大学，中国民族工业史上赫赫有名的大生纱厂，还有颇具近代规划理念的南通城，等等。中国历史上的状元不胜枚举，但像张謇这样因开风气之先、影响一座城几代人的似乎没有第二人。徐霞客家乡有个华西村，是改革开放后举世闻名的华夏第一村，老书记吴仁宝虽然已经仙逝，但他的事迹和精神却将长存。我觉得，纵观吴仁宝同志一生，别的不说，艰苦奋斗、不畏艰难、开拓创新的精神是极为鲜明的，拓荒坡为平畴，买磨盘建磨坊，建小厂盖大厂，合小村建大村，这些事现在看来似很平常，但在当年却需要不一般的胆识。其实，改革开放以来江苏不同时期为人称道的华西精神、"四千四万"精神、张家港精神、"昆山之路"精神，都可以浓缩淬炼为"创业创新创优、争先领先率先"的新时期江苏精神。诚然，尺有所短，寸有所长，任何地区和个人均不可能事事占先的。江苏人明白这个道理，他们在奋力争先的同时，总是保持着一种清醒和自省。这种客观科学的态度与开拓进取争先的精神相得益彰，便是江苏文化的一个特质，也是江苏持续发展的精气神所在。

低调务实，水平如镜

水善利万物而不争，不与天争寥阔，不与地争广博。也正是因为与世无争、甘于处下的性格，水往往能委屈求全，婉转自如，于不觉间成就自我，也成就别人。

中国历史上一直有重农的传统，"士农工商"，工商居后。但在江苏，这个传统似乎被这里的水稀释消解了。在江苏历史上，往往是"士农工商"并重，一些士子文人既能得水之便、见多识广，也能谙水之道、通达灵活。"泰州学派"是中国历史上为数不多的以地名命名的哲学流派，其创始人王艮出生于一个世代煮盐为业的灶丁家庭，早年贩盐经商，后来拜在王阳明门下，潜心学术，讲学传道。他虽是王门弟子，但不因循师说，不拘泥正统，其学说别开生面、独树一帜，主张"百姓日用是道"，讲求"百姓日用之学"，传授的弟子也以平民居多，这种务实接地气的思想，在当时无异于异端邪说，现在看来却是思想启蒙。

江苏人的务实，更多地体现在对实业发展的孜孜追求上。早在明代，中国资本主义萌芽——"机工"便出现在苏州地区。近现代，杰出的民族实业家荣宗敬与荣德生艰辛创业，成为上世纪二、三十年代中国的"棉纱大王"和"面粉大王"。上世纪七、八十年代，苏南人民自筹资金、自找原料、自找市场，乡镇企业异军突起，靠的是"四千四万"精神，靠的是在计划经济夹缝中求生存的勇气。苏南乡镇企业的发展史，就是一部苏南人民求生存、求发展、求富裕的创业史，就是一部不畏艰难、不断开拓的奋斗史。他们就像四处涌流的水，哪里有缝隙，就会渗透到哪里，能把厚土泡透，能将坚石滴穿。即便到了今天，我在与江苏干部群众接触时，他们仍然感奋于那段筚路蓝缕、艰苦创业的历史。曾经共同经历过的"集体记忆"，正在沉淀为一个区域的精神文化。

在江苏工作时，针对全省经济发展较快而老百姓的收入增长不够快、经济发展总体水平较高而老百姓富裕程度不够高的现状，省委鲜明提出"富民强省"的工作目标，以富民为强省之基，努力把"富民"和"强省"统一于现代化建设的实践之中。民富省强，才能形成强大综合实力和整体竞争力，而老百姓要能富起来，创业是根本之策。在全省私营个体经济工作会议上，我们鲜明提出"六放"，即放心、放胆、放手、放开、放宽、放活。不管放什么、怎么放，说到底，就是要把江苏老百姓这种不等不靠、敢闯敢试、行胜于言、低调实干的创业创新精神充分释放出来，让它在改革发展的大潮中进一步绽放。此后江苏民营经济进入了一个新的发展快车道，截止去年底，私营企业和个体工商户户数均居全国前列，民营经济创造了全省一半以上的经济总量和税收收入、七成的全社会投资和八成的新增就业岗位。今天，江苏的国企、外企和民企三足鼎立，实体经济实力雄厚，三次产业竞相发展，就像江苏的水一样，既有大江大湖大海，又有小塘小河小汊；既汇聚四方来水，又连江入湖导海。

水有三态，一态一境界。或为寒冰，或为流水，或为蒸汽，虽形态迥异，总不改水之本性。人也有多种性格，有的人性格像风，有的人性格像石，有的人性格像水。像风之人，处事摇摆、见风转舵，没有主见也没有持久性，很多事就办不好；像石之人，虽然沉稳不屈，但过于刚强、刚硬、刚烈，往往棱角过多，还可能有裂纹，所以有些事还是办不成；而像水之人，软硬兼具、恩威并施、顺势而为、有理有节，既有闯劲又有韧劲，既有原则性又有灵活性，很多事办得就比较妥当。这种性格像水一样的贤人，江苏历史上有很多，比如萧何，为人宽达、处事圆融，为刘邦不仅笼纳了人才，而且揽得了民心。江苏在地理上处在不南不北的位置，这里人的性格就像这块土地上顺畅平稳的河网一样，他们兼具了南北方人的长处，顺乎中庸之道，做人比较实在，做事比较稳妥，既很有气度还讲究适度，中规中矩又不拘泥刻板。

唐太宗曾有"三镜"之说：以铜为镜可以正衣冠，以史为镜可以知兴替，以人为镜可以明得失。我看在人的修为上，还可以有一个"两师"之说——以镜为师、以水为师。有个解读很有哲理，讲我们至少要向镜子学习三条：一是大度，入镜照物，物来则应，过去不留，事来则应，事过则忘；二是公平，在圣不增，在凡不减，与圣人居而不喜，与凡夫居而不忧；三是随缘不变，不变随缘，镜子本身并不随映照之物而变化。实际上，水兼有了镜子的这些品质，人生以水为镜，一切皆可映可鉴。若水之明，则光明磊落；若水之善，则淡泊名利；若水之静，则心态平和；若水之洁，则玉宇澄清。

○魂牵梦绕，在水一方○

水是生命之源、生产之要和生态之基。有水的地方，就有生命；有水的地方，就有生机。农耕文明发祥繁盛之处，皆为淡水资源丰富之地。一旦淡水资源贫乏枯竭，文明就会走向衰落甚至消亡。古今中外，概莫能外。而江苏所处的长江下游一带，水草丰茂、土地平沃，有鱼盐之饶、舟楫之利，经孙吴、东晋、南朝的大开发，逐步成为经济发达之地，天下赋税"江南居十九"。待海洋时代到来，得益于大江大海的独特禀赋，江苏近代工商业发展也遥遥领先。进入改革开放的新时期，江苏抓住机遇、砥砺奋进，一跃成为改革开放的先行区和乡镇企业的发源地，市场化、工业化、城镇化进程都走在了全国前列。可以这么说，江苏人依水而生，江苏城市依水而兴，江苏发展依水得势，江苏文化依水扬名。正是得水之利，江苏才成为有活力、有合力、有实力、有潜力、有魅力的地方。

我国人均水资源仅为世界平均水平的1/4，而且时空分布极为不均，水土流失和水体污染相当严重。水多、水少、水浑、水脏的问题，仍然是制约经济社会可持续发展的"瓶颈"，始终不可掉以轻心。江苏虽然淡水丰富，但因水而兴的同时也备受水体污染的困扰。国家"三河三湖"治理，江苏"一湖一河"有份，2007年太湖蓝藻暴发，说到底，就是因为太湖的负担太重了。人们在拥有的时候往往不知道珍惜，一旦失去又是多么可怕！好在江苏人是善于面对现实、反躬自省的，这些年来，江苏大手笔治水，仅太湖治理就投入了300多亿元。如今再到太湖鼋头渚、南京秦淮河、南通濠河看看，碧波荡漾、绿水畅绕的情景又开始回来了。虽然花了不少钱，但这些钱必须花、花得值。天道无言但不可欺，若是对大自然索取无度，终有一天我们将遭天谴；若懂得尊重自然、敬畏自然、善待自然，大自然也会还世人一个"日出江花红胜火，春来江水绿如蓝"的江南美景。

云龙湖

　　水既有其利，亦有其患。江苏经济发展比较快，但长期以来也很不平衡，长江之北的部分地区发展比较滞后，主要集中在洪泽湖和黄河故道沿岸，其实这也跟水有关。数百年来，这片土地在水患战乱中煎熬折腾，原本繁盛富庶的苏北地区渐成落后闭塞之地。进入当代社会，滔滔长江既给江苏带来了航运之便和水源之足，也成为苏中、苏北接受上海和苏南辐射的一道天然屏障，致使大江南北在经济发展上形成了明显的梯度落差。破解这里的发展难题，还需做好舒经活络的文章。上世纪90年代以来，江苏先后在长江上架起了江阴大桥、长江二桥三桥四桥、润扬大桥、苏通大桥、泰州大桥、崇启大桥等9座大桥，昔日阻隔两岸的长江天堑逐步变为通途。与此同时，苏中、苏北的高速公路、铁路、机场建设也加快推进，交通基础设施大为改善，苏中、苏北的发展站在了一个新的历史起点上。

本世纪初，正值制定江苏"十五"发展规划。经过深入调研论证，依据江苏区域发展不平衡、梯度特征明显的实际状况，省委、省政府提出按不同区域发展水平，将全省重新划分为苏南、苏中、苏北三大经济区域，将沿长江北岸的南通、扬州、泰州三市从"大苏北"中划出，作为苏中板块。随即又分片研究开会，作出分类指导的部署，对苏北"雪中送炭"，对苏中"釜底加薪"，对苏南"锦上添花"。同时，我们抓住国际产业转移的天时，依托长江黄金水道的地利，作出"沿江开发"的战略决策，沿江地区因此获得巨大发展机会。在此过程中，江阴和靖江两地携手、跨江联动，江阴——靖江园区应运而生，我称之为"开明人士的高明和精明之举"。这个园区把苏中的泰州和苏南的无锡联接了起来。"两江"联动带出了跨江联动，跨江联动又牵引了南北互动。这些对推动苏中在发展上加快融入苏南板块、融入长三角核心区域，对促进江苏的区域协调发展，都具有深远意义。

江苏是全国人口密度最高的省份。面向新世纪、谋划新发展之时，我们意识到，当时江苏的城市化水平还比较低，中心城市的综合实力和辐射带动功能还不够强，城镇布局还不尽合理，对城乡协调发展形成了较大制约。其中，最为突出的是市县同城和乡镇数量偏多这两个问题。行政区划调整也是解放生产力。考虑到江苏幅员面积并不大、平原比例却很高、交通状况又便捷的实际，我们积极稳妥地谋划推进了省辖市市区行政区划调整和乡镇、村撤并工作，逐步解决了 11 个省辖市的市县同城问题，全省乡镇个数由 1998 年底的 1974 个减少到目前的 932 个，村由 35258 个合并为 15255 个，撤并幅度均超过 50%。客观看待这件事，效果可以说是"一减一加"，"减"的是行政区划层次和乡镇、村数量，是财政供养人口和农民负担，是各方面的资源消耗浪费；"加"的是发展空间的扩大，是生产要素的优化配置，是交通基础设施的完善，是中心城市、重点中心镇的发展和新农村的建设，是城乡发展一体化的推进。为解决好"三农"和城乡协调发展问题，当时我们还提出，强化农业还得要大力发展非农产业，繁荣农村还得要大力推进城镇化，富裕农民还得要大量减少农民，为以工补农、以城带乡打下一个好的基础。

推进城乡区域协调发展，绝非一日之功。尤其是加快苏中、苏北的发展，既要打通水路、公路、铁路，以利生产要素流动，促进资本和产业集聚，更要打通苏北、苏中干部群众以往思想上的阻塞，激发其迎难而上的精神，增强内生发展的动力。令人欣慰的是，今日之苏北、苏中，人心思进、人心思富的氛围浓厚，自强不息、负重奋进的干劲迸发，苏北振兴、苏中崛起的蓝图正在化为现实。今日之江苏，改革发展的思路十分清晰，全省上下的合力活力竞相迸发，经济转型升级的步伐不断加快，发展的质量和效益继续提升，三大板块协调发展、城镇农村一体发展的态势正在形成。江苏正朝着富民强省、"两个率先"的目标阔步前进。

记得初到江苏工作时，我说过，我是怀着高兴、不安和坚定的心情来这里的；离开的时候，我曾讲，我会永远心系江苏、情系江苏。古人常以"日日思君不见君，同饮一江水"来表达绵绵不绝的情感，如今南水北调一期工程已经通水，不久以后我在北京也可畅饮长江水。我终可借一杯清洌甘甜的长江之水，寄托我对水乡江苏的魂牵梦绕之情，对江苏人民的美好祝福之意。

我所感怀的人文情理

WO SUO GANHUAI DE RENWEN QINGLI

"情之一字，所以维持世界；才之一字，所以粉饰乾坤。"情是生命的灵魂，我们的情感随生命而同来，我们的世界因情感而精彩。

在跟随时代潮流的同时，务必坚守那些永恒的人生价值，坚守好"底线""红线"和"高压线"：为人处事应遵守规则，这是大众俗成的自律标准，有不得违背的道德底线；从政当官应遵守规定，这是权力制约的准则，有不能逾越的政策红线；社会成员应遵守规矩，这是行为的刚性约束，有不该触及的法律高压线。

我 我所感怀的人文情理

告别了繁忙紧张的公务，多了些悠闲自在和温馨的交往；舒缓了忙碌奔跑的脚步，多了份从容安逸和静谧的沉思。回眸自己走过的人生旅程，总有一些足迹让人铭诸肺腑而历历在目；回首自己经历的人生往事，总有一些情感使人铭心镂骨而难以忘怀。这段时间以来，我以善良的心趣，透视过往的世事，解读人生的操守，浅释人文的情理，因"情"动心，以"情"为题，行文抒"情"。其中，《我的黄山情怀》以礼赞大美景致抒情，感物悟道；《我的残疾人情感》以敬仰生命阳光抒情，感动震撼；《我的"三农"情缘》以眷恋厚重事业抒情，感悟论理；《我的家乡情结》以追寻浓浓乡思抒情，感恩怀念；《我所体悟的民族情谊》以展现民族风采抒情，感念阐释；《我所认知的水乡情韵》以品味上善若水抒情，感叹赞美。这六篇文章，无论是赞叹、激赏还是眷顾、追忆，字里行间都饱蘸着我的经历足印所踏出的体察之情、家国抱负所充盈的感恩之情和人生百味所引发的哲思之情。

"情之一字，所以维持世界；才之一字，所以粉饰乾坤。"情是生命的灵魂，我们的情感随生命而同来，我们的世界因情感而精彩。古人云"道始于情"，"通情"方可"达理"，"薄情"必然

"寡义"。没有情，就没有人生的出发点和归属感；没有情，就没有生活的韵调和意义；没有情，一些冠冕堂皇的道理便显得苍白无力；没有情，也不会有社会的温馨和动力。写完"六情"以后，我总感到意犹未尽、情犹未了，于是就有了此文，试图对人世间的情感作一个简要梳理，对生活感怀中关于"情"的道理作一些粗略探析，对情与理的关系和以情悟理、以理度情作一点浅显思考。应该说，这是对之前所写"六情"的一个回顾和概括，也包含了我对人文情理的一点感悟心得。人有七情，此篇就算是"六情"之后的第"七情"吧。

○情为何物○

人非草木，必然有感。心非顽石，必会生情。那么叩问，情为何物呢？《说文解字》说："情，人之阴气有欲者也。"《礼记》云："何谓人情？喜怒哀惧爱恶欲七者，弗学而能。"《荀子》说："情者，性之质也。"《吕氏春秋》注云："情，性也。"先贤诸多定义，纷纷纭纭，虽然所说不一，但趋向略同，指的都是人由心所生发的诸种反应。这种反应来自人的思维和感受，来自人的认识和判断，来自人的修养和修炼，并通过言谈话语、肢体动作、文字声像、行为方式表达出来。

情，虽只一个字，但内涵丰富，哲理深奥，无处不在，无所不包。情，让人猜不透、想不清、看不明，有时剪不断、理还乱，但人们始终想方设法在回答它，却又始终不能给出一个简单明了的答案。情，是人性人格的体现，是思想观点的表达，是理想志趣的外化。它是一种感受，是人与人之间的沟通，是笃定、实在而又温暖的人际关系，是相互尊重的社会默契；它是一种体验，是心灵的彼此交汇，是人性的自然流淌，是生命的灿烂展现；它是一种担当，是对生活的包容，是社会的责任，是爱的奉献。总之，情是人生真谛的朴实回响，最终体现的是道德、精神、品格，着力追求的是真实、善良、美好，渴望得到的是幸福、信任、仁义。

人生一世，与不同的人打交道，也形成不同的感情。世上的情，有博大无私的亲情、关怀备至的友情、难分难舍的爱情；有天下兴亡匹夫有责的爱国情、共同奋斗共同繁荣的民族情、坚持信念追求理想的事业情；有山川风物花鸟鱼虫的自然情、市井百态人间万象的社会情、探幽入微格物致知的科学情，等等。在这些情中，有些情是血脉既存的，比如父母子女情、兄弟姐妹情、同胞骨肉情；有些情是后天形成的，比如战友情、同窗情、师生情、夫妻情、故乡情等等。不过，无论是友情、爱情还是亲情，抑或是其他情，从来不是单向而是双向的。古人有云，"满眼风波多闪烁，看山恰似走来迎"，"我见青山多妩媚，料青山见我应如是"，虽是修辞手法，却也是情的互动性的体现。只有这样，人之情才能不断递进、传承、流动、绽放，才能不断生长、壮大、成熟、收获。

○情的力量○

情，经常让人长久地回味、感怀和陶醉，既可以展示一个人的人缘、人格和魅力，也可以印证一个民族的理念、文化和力量。有人说，情如巍峨大山，深沉凝重；也有人说，情如弱水三千，滋润心田；还有人说，情如一杯烈酒，醉人心脾。其实，情之功用几何，会因情之类别、人之差异而迥异。有的情恩重如山、难以报答，如孟母三迁、岳母刺字的恩情；有的情回肠荡气、透骨入髓，如刘关张桃园结义、管仲鲍叔牙的友情；有的情山盟海誓、生死相许，如梁祝化蝶、罗密欧朱丽叶的爱情。情是无言的影响、无声的教诲、无形的力量，既可以使人暖心、舒心、宽心、安心，也可以使人感恩、感谢、感慨、感叹；既可以使人痴迷、疯狂、愤怒、悲伤，也可以使人冷静、理智、坚定、坚强；既可以使人出发、奋斗、成功、拥有，也可以使人省思、内敛、节制、终止。

对于个人修养来说，情是陶冶心灵的良策，是纾困解难的良术，是人间关爱的良方。人生在世，并非一帆风顺，逆境可能带来焦心、痛心、揪心，使人情绪暴躁、压抑郁闷、焦虑不堪，这时候就需要别人关心，需要自我鼓励。而情，就是人性通往至善的一把钥匙，在你难以承受压力时，为你打开一扇光明之门；当你孤独无依时，为你张开一个温暖的臂弯；在你心烦意乱时，陪你一起承担；当你欢心愉悦时，与你一起分享。总之，情能使人们远离孤单和寂寞，摆脱苦涩和忧伤，给生活增添斑斓和精彩，带来乐趣和甜蜜。人应该学会从情感中获得生命动力，注入正面能量，让自己的人生阳光灿烂。

对于社会发展来说，情是良好人际关系的粘合，是对迷误、焦躁、浮躁的包容，是对无聊负面情绪的化解。有时候，一个眼神、一个手势、一句问候，都可以展示给人关心、暖心和爱心。在紧张繁忙的工作中，善于运用情感的话语，培养人的幽默感，可以创造宽松的环境，减少摩擦，提高效率。在与人相处交往中，善于运用情感的话语，营造愉悦的氛围，能够给人温暖和力量，增进和谐，展现亲和力。古圣先贤在这方面有很多名言警句，"良言一句三冬暖，恶语伤人六月寒"说的就是这个道理。为此，在为人处事中，我们要学会以情待人，以情感人，既要有进取之心，又可存平常之心；既要有平等之心，又可存差异之心；既要鼓励利他，又可以理解他人利己；既要诸恶莫作，又可以引导人众善奉行。

对于国家民族来说，情是增进友谊的沟通电波，是加强互信的关联之桥，是强化团结的连心纽带。在外敌入侵之时，情能产生感召力、凝聚力、战斗力，使国家民族形成血肉相连生死与共的命运共同体，共同筑起保护家园的铜墙铁壁。在和平年代，情能春风化雨，润物无声，既有助消弭误会、化解矛盾，又促进和而不同、融合发展。试想，如果我们的世界里有了美而缺少爱，有了真理而缺欠真情，有了公义而缺乏慈悲，有了法治而缺失德治，这个世界将有多大的缺憾啊。

○情之传统○

中华民族历来讲情重情。在中华传统文化中，时时处处贯穿着情、汇聚着情、渗透着情，就如长江长城、黄山黄河，积淀的不仅是文化中华的醇香悠远，而且是情感中国的智慧圆融。中华民族深厚的情文化，滋润养育着一代又一代的炎黄子孙；中华民族几千年的文明史，无时无刻不显示着情的光彩。情，始终流淌在华夏儿女的血脉里。重情重义，这是中华民族的鲜明特质和宝贵财富，是中华民族的传统美德和前行动力。

中华传统文化的核心是仁，起点是孝。百善孝为先。传统文化重视血缘亲情，认为孝悌之道，实乃天伦之间无私的真挚之情。"君子笃于亲，则民兴于仁"，"孝悌也者，其为仁之本欤"。推而广之，则有"泛爱众而亲仁"。因此，中华情文化突出仁爱和谐，强调"仁者爱人"，"得道多助、失道寡助"。传统文化重视家国情怀。孔子曾说，"修己以敬"，"修己以安人"，"修己以安百姓"，而后完成修身、齐家、治国、平天下的修炼历程。孟子曾用"父子有亲，君臣有义，夫妇有别，长幼有序，朋友有信"，来说明家国同构的思想。这些无一不显示着我们对家庭"有情"、对国家和民族"有情"的传统。不仅如此，圣贤有言，"民之所欲，天必从之"，"大畏民志，此谓知本"，"民惟邦本，本固邦宁"，"民为贵，社稷次之，君为轻"，这些理念明确表达了重视民生、以民为要的民本情怀。

一个充满情义的民族，才是大有希望的民族。纵观漫漫历史长河，我们发现，中华情文化重视以德导情，既传承"忧国忧民"的思想，也蕴含"孝悌之道"的伦理；由倡导"仁者爱人"的教化，升华到"大道之行也，天下为公"的理想。这些"情"文化汇成了东方情感智慧的不竭源泉，也为中华民族奋力前行提供了力量支撑。我们应该为情的传统而骄傲，为情的传扬而振奋，为情的传递而享受，为情的传承而担当。

○情理交融○

"感人心者，莫先乎情。"但在中华文化和我们的生活中，情从来不是单独存在的。她与理和礼相伴而生，三者彼此区别而又互为依存。情与理相比，情如同一位女子，多愁善感，惹人怜惜，容易让人生出恻隐之心；而理如同一位硬汉，高大勇猛，坚强果断，让人由衷服膺。而情与礼相比，情又如同一对坠入爱河的情侣，举止亲昵，如胶似漆，让人不由产生甜蜜幸福之感；而礼却如同一位饱经风霜的长者，阅历丰富，思考深邃，让人油然而生敬畏爱戴之心。

在现实世界中，理是躯干，情是血肉；理需要情的润泽，情需要理的支撑；有理无情则冰冷干涩，有情无理则疯狂泛滥，惟情理相融则人生完美。我们对情可以执著，可以痴迷，但不可以忘记理。理是宇宙自然终极的律则，是人类社会的道德律条和规范，是人的心灵、思维和精神的定海针。理智的人可以用理走出困厄，实现人生的追求；疯狂的人却为情而魔，为欲所驱，终致身败名裂。可见，情不能不遵循天理，不能不遵守法理，不能不遵从事理。

在社会生活中，礼是情的规则、边界和指引，是情的节制、约束和示范。没有情的礼是镣铐和锁链，束缚心灵，摧残人性；没有礼的情是野火和洪水，毁灭自己，贻害他人；有情有礼才是和谐的人生、智慧的人生。我们对情可以追求，可以沉醉，但不可以不讲礼。"礼"是人类为了尽"情"适"理"，而安排出来的秩序，包括风俗、习惯、文化和伦理。不同文化背景，不同民族会有不同的礼制礼仪。相对而言，西方人性格外向，情感外露，喜欢直率展示内心感情；而东方人矜持内敛，感情细腻，喜欢含蓄表达内心感情。古人告诉我们，"发乎情，止乎礼"，就是要用礼来克制情，防止情感的过分外溢，这是古人对情、礼的辩证理解。当今时代，我们也需用礼来调适情感，祛除情的疯狂性和非理性，真正使情造福于人，造福于社会。

情如同河水，不能强堵，不可放任，只能疏导。我们需要浚沟疏渠导引河水，既令其畅流润泽大地，又防其泛滥危害苍生，使之成为生命之河、和谐之水。我们也需要遵循理智礼义，以理度情，以情悟理，以礼节情，情礼相承，使情理相得益彰，使情礼永恒流达。情之有理在礼，必能受益；情之无理不礼，必遭祸害。讲理合礼的情，可以暖心益体乃至创造生命的奇迹；违理无礼的情，能够毁人伤众乃至使自己走向坟墓。因此，知理讲礼的情，才是通晓人性的情，既可以使我们有生活的闲适、幽默和趣味，又可以使我们有社会的温暖、公平和正义。我们要努力追求人性之和谐，实现"合情合理"、"适情适法"、"情理交融"、"情礼圆融"，达到天理人情的统合为一。

○情真为贵○

"世事洞明皆学问，人情练达即文章。"世人常说中国是人情社会，这有一定道理。但人情是把"双刃剑"，可以是一笔财富，也可以是一笔债务；可以提供机会和帮助，也可以设下圈套和陷阱。在日常生活中，情理之间有时让我们举棋难下，犹豫不决，甚至痛苦不堪。因为好多事情，它往往合情，但不尽合理；又有一些事情，它往往合理，但又不近乎人情。于是乎，为情而困者，身陷囹圄者有之；为理而执者，众叛亲离者亦不少。惟有合于至理的情才是真情，经由真情淬炼的理才是至理。人的一生，经常面对情与理的冲突，面临义与利的抉择，惟有追求着情、顺乎着理，方能情理相融、义利相通，享受生命的欢愉。

真情是和谐社会的润滑剂，是人生历程的无价之宝。期盼天地正气、渴望人间真情是每个人的意愿。这种真情，不一定轰轰烈烈、惊天动地，也不一定是豪言壮语、甜言蜜语，其实一次默默的关怀，一次细心的呵护，一次守望的相助，就胜过万千言语和承诺。因为，真挚的感情需要以行为来体现，以行动来印证。诚实的话语不一定漂亮，漂亮的话语不一定诚实。情只有被点点滴滴的真诚填充，才会血肉丰满，才会真实感人，才会温暖我们的内心。可以说，真情爱意甜在心窝，真情份量重于泰山，真情价值无法估量，真情力量无比巨大。在任何时代，展现人性良知的真情都非常宝贵，体现灵魂本色的真爱都十分难得，能否付出真情、奉献真情、坚守真情对每个人都是一种考验。

患难见真情。真情是解难化困之情，是倾心相助之情，是雪中送炭之情。真情埋藏在人的内心深处，能够淬炼生命的本色，涤荡内心的灵魂。中华民族经历过太多的自然灾害和艰难险阻，当灾难袭来时，有的人九死一生打通拯救生命的通道，有的人奋不顾身救出素不相识的同胞……灾难可以摧毁我们的家园，却摧不毁人间的真情大爱。这种生命情怀和人间真情，在现代社会更凸显出一种穿越时空的不朽价值。

毋庸讳言，现实生活中，一些人给情添加了太多的东西，这对于真情来说无异于买椟还珠。对此，我们要用理智来分辨，切不可被虚情假意蒙蔽双眼，切不可因冷漠无情而失去方向，切不可因泛滥私情而损害公益，切不可因情而缺位、越位和错位。我们讲的真情，必须充满敬畏之心，敬畏公德，敬畏民众，敬畏法规；我们要的真情，不应该被物化，不可以功利至上，更不能悖于德行。有些情，我们应该欣然接受并忠贞、痴迷、付出和坚守；有些情，我们必须淡然转身并谢绝、避开、放弃和远离。在跟随时代潮流的同时，务必坚守那些永恒的人生价值，坚守好"底线""红线"和"高压线"：为人处事应遵守规则，这是大众俗成的自律标准，有不得违背的道德底线；从政当官应遵守规定，这是权力制约的准则，有不能逾越的政策红线；社会成员应遵守规矩，这是行为的刚性约束，有不该触及的法律高压线。

○情淡始长○

"世事静方见，人情淡始长。"真正的情，就似一杯清水，无色无味，却比其他任何饮料都解渴；真正的情，就像一幅古朴的山水画，简洁却韵味悠长；真正的情，就如一棵白玉兰，带着某种孤傲与矜持，却卓尔不群，纤尘不染，超然于世俗之上。那是高山流水的相知，那是大味必淡的境界，那是绚烂之极、归于平淡的造诣。这种相知，这种境界，这种造诣，是一种胸怀，又是一种信仰，还是一种品格，更是一种智慧。

"恬淡为上，胜而不美。"只有清淡如水的情谊，才可以诠释情的真谛，才可以见证情的真纯，才可以让情恒远绵长。也只有恬淡如水，依物随形，人与人之间相处才自然真实、宽厚包容，才有情有理，有乐有安，俯仰自得。也只有思想上淡泊明志、淡薄名利，行动上达观淡定、处事淡然，交往中怨恨淡忘、择友淡物，生活中慈善淡欲、清心淡雅，人之情才会有恰似"明月松间照"的静谧、"清泉石上流"的自在！因此，恬淡如水方为真，才是世间情的最高境界。

可是，面对各种诱惑纷至沓来，要做到功名前不趋之若鹜，利禄上不为所累，是非间不趋炎附势的恬淡情怀，真的不容易。人之有情，无可厚非。为了情必须恪守世风公德、践行公平正义，这是普通的常识、职业的操守和为人的良知。真挚的情感是不可亵渎的。在这良莠混杂、美丑并存、复杂多变、色彩斑斓的社会环境里，不能失态、失志、失德，要学会自爱理智纯正，权衡利弊，既豁达又明智，既要学会担当和接受，又要学会拒绝和反对，应交纯洁之士，须绝不良之友。唯此，才能真正体现寓情于理的情操，才会真正享受生命快乐的情调，才能真正得到生活幸福的情趣，才能真正收获良知甘露的情义。

恬淡之情，它需要世事的磨砺，需要人生的锤炼，更需要坦荡心境平如水的心态。在这方面，诸葛亮的"非淡泊无以明志，非宁静无以致远"，范仲淹的"心旷神怡，宠辱皆忘"，杨慎的"白发渔樵江渚上，惯看秋月春风"，林则徐的"壁立千仞，无欲则刚"，都给我们以珍贵的启示。如果我们懂得了淡泊明志，学会了宠辱皆忘，惯看了秋月春风，体味了无欲则刚，我们就悟到了世事情理的妙谛。

○情义无价○

"无为不入世，有情始做人。"讲情讲义、有情有义、重情重义，是中华民族的优秀传统，也是中国共产党人的生命本色和政治本色。情和理并非抽象的概念，它是具体的，总是与特定的时代、特定的环境、特定的对象密切相关。中国共产党人对于人民的热爱，对于民族的担当可谓情深似海，义薄云天。"一切为了人民"是共产党的根本宗旨，体现了共产党人的执政理念和亲民爱民的群众情结，是中华优秀情文化的传承和升华。无论是血与火的战争年代，还是在改革开放新的历史时期，站在时代前列的始终是共产党人，他们用信念和行动共同守护着、弘扬着全心全意为人民服务的情感本色。正是这种重情的本质、踏实的践行、务实的作风，赢得了广大人民群众的赞赏、拥护和支持，与群众形成了生死与共、牢不可破的情谊。正是这种坚持恪守宗旨、密切鱼水之情的爱民情感，才使得我党能通过历史的重重考验，站在新时代的顶峰。

改革开放以来，我们党坚持德治与法治并举，大力倡导社会主义核心价值观，社会上出现了重情崇仁、尚德好义的良好趋势，"情义无价"的动人事例不断涌现，其示范效应和雪球效果不容低估。我听说南京大学在110周年校庆上接待校友嘉宾时，不看官职、不论身家，只问入学先后和年龄大小来排位坐序，受到校友的欢迎和舆论的肯定。这种"序长不序爵"的做法，不仅体现了该学府的传统和风范，也体现了中华民族尊敬师长的美德和情感。这是一种化繁为简的智慧，也是极富有情感的处理方式，值得推崇与弘扬。

情之所至，让人惟真而动，惟善而行，惟美而崇。情是凝聚社会共识的信任之基，也是做好各项工作的方法之基。只有常怀为民之情，体恤群众的情感，才能常思为民之策，努力为民解困。在我们的事业发展中，既要依靠组织的力量，以理律人；也要发挥情感的力量，以情感人。从某种意义上说，情感的力量、道德的力量、人格的力量更为持久、更为管用。惟其如此，我们才能体现民意、赢得民心、发展民利、实现民愿，不断从胜利走向胜利。